画游北欧

Tour & Paint Northern Europe

易平凡 著

成都时代出版社

图书在版编目（CIP）数据

画游北欧 / 易平凡著． —— 成都：成都时代出版社，2025.6． —— ISBN 978-7-5464-3686-9

I.I267.4

中国国家版本馆 CIP 数据核字第 2025TX6375 号

画游北欧
HUAYOU BEIOU

易平凡　/　著

出 品 人	钟	江
责任编辑	张	旭
责任校对	蒲	迪
责任印制	江　黎　陈淑雨	
装帧设计	成都九天众和	

出版发行	成都时代出版社
电　　话	（028）86742352（编辑部）
	（028）86763285（图书发行）
印　　刷	成都市兴雅致印务有限责任公司
规　　格	165mm×230mm
印　　张	20.75
字　　数	295 千
版　　次	2025 年 6 月第 1 版
印　　次	2025 年 6 月第 1 次印刷
书　　号	ISBN 978-7-5464-3686-9
定　　价	80.00 元

著作权所有·违者必究

本书若出现印装质量问题，请与工厂联系。电话：（028）83181689

Tour & Paint Northern Europe　001

序　言　　　　　　　　　　001

目　录
Contents

Part 1　上　篇　　008

北欧三国七城自由行

Part 2　中　篇　　118

五姐妹冰岛环岛自驾游

Part 3　下　篇　　224

MSC 北欧四国古都巡游

序言
PREFACE

北欧（North Europe），又称北欧五国，是丹麦、挪威、瑞典、芬兰和冰岛及其附属领土法罗群岛、格陵兰岛、奥兰群岛和斯瓦尔巴群岛统称。

跨越十年，我三次深度游走在北欧五国（另加爱沙尼亚）的土地上。岁月的流逝冲淡了我记忆中的琐碎片段，沉淀了我对北欧深深的喜爱，十年光阴荏苒，那萦绕在脑海中挥之不去的画面，是我对北欧深深的眷恋。

十年前的八月，我第一次踏上北欧的土地。老少五人同游北欧三国（丹麦、挪威、瑞典）七城，跨越数千公里，搭乘游轮、火车、飞机及城市交通（地铁、轻轨、巴士）全方位环游北欧。我第一次在丹麦哥本哈根见到少年时的偶像大文豪安徒生坐像，还有那矗立在海边似人非人的《小美人鱼雕塑》；踏入诞生了莎士比亚巨作《哈姆雷特》的神秘城堡——克伦堡；搭乘观光列车驶过挪威森林，目睹窗外变幻莫测的风景；登上游轮，俯瞰巨轮划

过挪威峡湾蓝色的水面，成群结队的白色海鸥翱翔于头顶，惊叹船舷两边掠过的峰峦叠嶂、飞流直下的瀑布和掩映在绿树花丛中的小村落；路过卑尔根喧闹的布吕根，那62幢颜色鲜艳、古色古香的房屋，是德国商人几百年前兴建的家园和店铺，迄今成了卑尔根最迷人的地方；参观斯德哥尔摩的瓦萨沉船博物馆，它是全世界唯一整船打捞上岸而成的博物馆，瓦萨号是当今世界上保存又完好又美观的17世纪船只，是堪称一绝的世界艺术瑰宝。

自从第一次游历了北欧，我就心心念念，北欧的人文地理、山山水水再也无法从心中抹去。

两年后的炎炎夏日，我的足迹再次印在了北欧的土地上。五个"50后"的女士从设计旅游路线、订酒店、租车到自驾绕冰岛环行一圈，一切皆由我们自己搞定，实实在在的自由行。那是一场既时时对前方风景充满期待，又不时心中忐忑、惴惴不安的旅途，途中几段暗藏危机的驾行，事隔多年想起仍感到后怕，脊背透来丝丝凉意。"五朵金花"闯冰岛，既见识了人间天堂般的美景，也经历了从人间天堂差点落入万丈深渊的境地，犹如在经受一个又一个冰与火的切换和历练。回想我们在冰岛的旅途，几乎每一天都在上演"山重水复疑无路，柳暗花明又一村"的情形，让我们欣喜若狂。

冰岛的美景让我魂牵梦绕，与冰岛的缘分开启了我的绘画之路。从一个连简笔画都没有涉猎过的门外汉，到毅然拿起画笔开始了我的绘画生涯，短短几年成了一名出版了数本图书的小有成就的绘画作家。

时间之轮又转过了几圈,在刚刚过去的一年,我再一次来到了北欧。这次以一个全新的方式来一次北欧四国古都(丹麦哥本哈根、爱沙尼亚塔林、芬兰赫尔辛基、瑞典斯德哥尔摩)豪华游轮之旅。MSC 幻想曲号游轮拥有豪华的配置……夜幕降临,万吨游轮在海面上航行,我们尽享游轮上的美味佳肴、专业演出团队的欢歌曼舞、应有尽有的娱乐设施;清晨太阳升起,我们离船登岸,游遍北欧古都大街小巷。游轮在波罗的海芬兰湾、波的尼亚湾中穿行,让我们见识了茫茫大海深处的奥秘,体验了"海市蜃楼"。在北欧四国古都,我们经历了一日跨越千年的人生体验,看尽了北欧人文历史的灿烂辉煌。

第一次踏上北欧的土地，我就迷上了这个地方。从此，北欧风光让我魂牵梦绕。到过冰岛，我逢人就说：如果你想在一天 24 小时见证冰与火的世界，你就去冰岛，早晨在北部 40 摄氏度水温的米湖体验室外牛奶般丝滑的温泉浴魅力，下午在东部山脊享受冰河湖的绝美风景、领略湖边零下 40 摄氏度惊心动魄的驾车体验；如果你想目睹人间仙境、人间天堂，你就去冰岛，那是《007》《蝙蝠侠：侠影之谜》《星际穿越》《白日梦想家》《雷神》《黑暗世界》《古墓丽影》《变形金刚》《普罗米修斯》等电影的取景地；如果你这辈子不能登上月球，你就去冰岛，因为那里是地球上地质情况与月球表面类似的地方，那里有半个世纪之前阿波罗 11 号飞船登月前美国宇航员的训练基地。

三次北欧行，是我人生旅途中最令人心动不已的高光时刻。如今，我的新书《画游北欧》即将出版，回首往事，激动不已，夜不能寐。寥寥几万文字，写不尽我对北欧神话的感知与体验；区区几百幅画作，无法描绘我眼中北欧天堂般的美景。

朋友，你去过北欧吗？如果答案是肯定的，你一定会在书中找到你曾经见过的熟悉场景，勾起你美好的回忆；如果你的回答是否定的，那么这本书一定会激发你北欧行的冲动。

Part 1

上篇

7月29日,我们一行五人搭乘德国法兰克福经停柏林飞往丹麦哥本哈根的飞机,开始我们北欧三国(丹麦、挪威、瑞典)为期12天的自由行。

这次旅游非同往常,这是完全意义上的自由行。我设定了旅游线路,网上购买了机票、火车票以及船票,全程担任领队、导游兼翻译;同行五人,老少三辈,年龄跨度从16岁到年过半百。除了16岁的初中毕业生懂一点英语日常口语,另外三人对外语一窍不通。不过,我是乐天派,旅游嘛,遇到一点突发情况是常有之事,保不准还能带来意外惊喜呢。

Day 1　07/29

德国法兰克福（Frankfurt）—
丹麦哥本哈根（Copenhagen）

告别德国，我们今日将开启北欧行——3国7城12日深度游。

友人们，等待我的全程直播吧！（北欧行发布的第一条社交动态）

从法兰克福（Frankfurt）出发经停柏林（Berlin）转机飞往丹麦哥本哈根（Copenhagen）。上次来柏林乘坐的是火车，这算是第一次踏入柏林机场。原以为可以下飞机在机场转悠看看，结果压根儿就没有允许我们下飞机，只能从飞机机窗看柏林机场，算是管中窥豹吧。

稍作停留,再次出发,从柏林飞往丹麦首都哥本哈根。

下了飞机,在机场换瑞典克朗,搭乘机场大巴,入住酒店。一整套行程,行云流水,放下行囊,直奔市中心。

哥本哈根,我们来了!哥本哈根有"北欧小巴黎"之美誉,是北欧城市风光最具代表性的地方,即便在城市的中心,也很难看到林立的高楼,取而代之的是美丽的花园、茂盛的树木和郁郁葱葱的草坪。宜人的城市环境、安逸的生活方式造就了哥本哈根独特的风景线,使其被联合国人居署选为"最适合居住的城市"和"最佳设计城市"。

哥本哈根既是现代化的都市，又是世界上著名的历史文化名城。充满童话气质的古堡与富丽堂皇的皇宫比邻；古老艺术与现代文明、自然景观与人文沙龙、激情的艺术气息与闲逸的生活气息相比肩，这就是哥本哈根的魅力所在。

到了哥本哈根，就到了安徒生的童话王国，大街上人们不约而同想和《安徒生雕像》（《Statue of Andersen》）来一个亲密接触。我不知道现在的小学课本还有没有安徒生童话《卖火柴的小女孩》，我们这些"50后"，在小学的时候读到《安徒生童话集》，对卖火柴的小女孩都充满了同情，流了不少眼泪。我们对哥本哈根的《小美人鱼雕塑》也充满了无限的想象，她是我们这一代人美好的回忆。

丹麦历史博物馆不仅有雄伟的建筑，还有各色雕塑，沉淀了一个世纪的国家历史。我们没有走进博物馆，只是在博物馆外的花园里到处看了看。花园很大，各色鲜花盛开。

花园中央矗立有一尊雕塑——罗丹的《思想者》。终于在法国之外的异国他乡见到罗丹的《思想者》了。这是罗丹亲手制作的吗？我们不得而知。

市政厅广场位于哥本哈根市政厅之前，是哥本哈根规模最大的广场之一，面积达9,800平方米。市政府经常在此举办各类公共活动，这儿也是哥本哈根著名的旅游景点。

雄伟壮观的市政厅位于广场中心位置，四周建筑富丽堂皇，广场上有娇艳的鲜花盛开，中央雕塑气势恢宏。广场上游人如织，街头艺人的杂耍引得众人围观，时而有喝彩声、掌声传来。

徜徉哥本哈根街头，造型奇特新颖的建筑令人目不暇接，尤其是建筑物色彩斑斓吸引眼球，我们一行五人长枪短炮一阵狂拍。

走着走着，来到新港（Nyhavn）。新港是丹麦哥本哈根一个建造于17世纪的滨水区和娱乐区。新港位于国王新广场的海滨，皇家剧场南面，由许多颜色鲜艳的住宅、酒吧、咖啡馆和餐馆所构成。运河碧波荡漾，许多木造船只来来往往，岸边游人如织，酒吧、咖啡馆和餐厅座无虚席。

在新港惬意的餐厅享用一顿美味的晚餐，或是像当地人一样从酒吧买一杯啤酒坐在岸边喝酒聊天，非常悠闲自在。

沿着运河行走，轻松惬意，还可以欣赏爵士乐和享用众多当地美食。这里既是游客必看的景点，也是当地人享受闲暇时光的好地方。

新港也被称为"安徒生的新港"。安徒生曾经居住在新港20号，在这里写下了《打火匣》《小克劳斯和大克劳斯》和《豌豆公主》等中国人耳熟能详的童话故事。安徒生也曾在新港67号生活了将近二十年，在新港18号待过两年。

我们徜徉在哥本哈根街头,夜幕降临,华灯璀璨。

天空如同一块巨大的蓝宝石,霓虹灯闪烁,这就是哥本哈根的夜晚!

晚十时许,哥本哈根的天空怎么还这么蓝?

Day 2 07/30
一天两国两城游

丹麦赫尔辛格（Helsingør）—
瑞典赫尔辛堡（Helsingborg）

今天，一日两国两城游，我们来个双城记。

一早出发，我们从哥本哈根乘火车来到丹麦的赫尔辛格，再乘轮渡跨海来到瑞典的赫尔辛堡，两座童话般的城市，给我们的北欧游添上了浓墨重彩的一笔。

　　我们在酒店吃了早餐,出门几步就到了火车站。赫尔辛格距离哥本哈根40公里远,被人们誉为"哥本哈根的后花园"。从哥本哈根去赫尔辛格的火车班次很多,十来分钟就是一班。我们到了指定站台,等待了几分钟后登上车,很快到了赫尔辛格。

赫尔辛格是丹麦西兰岛东部城市。"Hals"原意指"颈部",于此处指"窄海峡"。1231年,丹麦国王瓦尔德马二世在著作中提及赫尔辛格人。可见,赫尔辛格的建城历史应该在此时间之前,距今已有上千年历史。

下了火车，我们往老城走去，边走边欣赏街景。步行几分钟，我们到了圣奥拉夫教堂（Sankt Olaf Kirke），也叫赫尔辛格大教堂，该教堂可追溯到1200年前后，现存的教堂于1559年完工。从城镇各处均可望到教堂高耸的塔尖。

我们慕名造访圣玛丽亚教堂（Sankt Maria Kirke，亦称为圣母修道院），据介绍圣玛丽亚教堂是斯堪的纳维亚地区保存最好的中世纪修道院之一。它的外形宏伟而简洁，内部拥有描绘《圣经》情节的天顶画，风格独特。

穿过老城,我们来到海边,远远看见一尊《小美人鱼雕塑》,心中疑惑:难道在赫尔辛格有一尊山寨版的《小美人鱼雕塑》?走近一看,原来是个男孩的雕塑,一个男孩坐在海边的石头上,整个姿势像极了《小美人鱼雕塑》。

经查,艺术家 Carl Jacobsen 于 1913 年捐赠了这尊男版美人鱼青铜雕塑,置于赫尔辛格 Langelinie 海岸边的巨石上。雕像采用了抛光的不锈钢制造,熠熠生辉,可倒映出周围的美景。艺术家采用了液压机械技术,使得这座人物雕塑紧闭的双眼每小时会眨动一次。所以如果你够幸运,就会看到他对你眨眼。

在赫尔辛格最著名的当然莫过于克伦堡宫（Kronborg Slot）。克伦堡宫对于丹麦具有重要的象征意义，克伦堡宫意为"皇冠之宫"，是北欧最精美的文艺复兴时期建筑风格的宫殿。克伦堡宫在16世纪以来的欧洲历史上扮演着重要角色，它修建于1574年文艺复兴时期，17世纪末随着军事建筑物的不断增多，其防御功能逐渐增强。

克伦堡又被称为"哈姆雷特堡"，莎士比亚名剧《哈姆雷特》中的埃尔辛诺城堡以此为背景，复仇王子哈姆雷特在这座古堡里上演了一幕幕人间悲剧。在这部著名悲剧创作后数百年的时间里，《哈姆雷特》被多次搬上舞台，克伦堡借着莎翁的不朽剧作而闻名于世。

克伦堡宫中陈列的历次演出剧照、宫殿墙上的莎士比亚浮雕,以及每年8月在宫中举办的包括《哈姆雷特》盛大公演等多种文化活动,都给了对文学巨匠莎翁有着独特情感的众多游客来此探访的足够理由。我当属其中之一,从大学到研究生学的都是英美文学,当高中英语教师几十年,也没有放弃对莎翁的膜拜,对英美文学名著更是情有独钟。

终于,我们如愿以偿来到了哈姆雷特的皇宫!历经数百年沧桑,宫殿仍然巍峨壮观。整个建筑用岩石砌成,褐色的铜屋顶,外部形象气势雄伟,内部装潢精美豪华,满足了皇家住所的一切特征。国王与皇后的两间卧室装修得极尽奢华,华美的门庭、天花板上的巨幅油画、堂皇富丽的大理石壁炉映入眼帘。

克伦堡宫博物馆里,陈列着大量的古式家具、油画、挂毯、木雕。二层的国王居室里有一幅英国国王查尔斯一世的画像,为克里斯蒂安四世委托荷兰著名画家盖拉德·洪托斯特而作。

我们告别丹麦的赫尔辛格,乘船去往瑞典的赫尔辛堡。赫尔辛格位于丹麦西兰岛的东北角,扼守厄勒海峡的北段,和瑞典的赫尔辛堡遥遥相望。这两个国家的两座城市,名字极其相近,这两座城市之间的轮渡20分钟一班,航行时间也是20分钟左右。

仿佛转眼间我们就从一个国家来到了另一个国家，没有边界线，没有海关。

赫尔辛堡（Helsingborg）位于瑞典最南部斯科讷省，约有150,000人口。

赫尔辛堡仿佛安徒生笔下又一个童话王国，远远就看见黄色的城墙、绿色的房顶、童话般的城堡。赫尔辛堡虽然是一座宁静的海边城市，不太出名，但在这里，富丽堂皇的宫殿、童话般美好的城堡、古香古色的欧式建筑、金戈铁马的帝王雕塑……王室元素一样都不缺少，它们在静静地讲述着很多古老的传说……

我们一行最先来到索菲罗城堡（Sofiero Castle），这儿居高临下，视野极其开阔。遥望前方，蔚蓝色的大海，辽阔宽广，无边无际。俯瞰城市，错落有致的古建筑那红色房顶、黄色外墙耀眼夺目。城堡四周是庞大的花园，绿草如茵，鲜花盛开，五彩缤纷，分外妖娆。我们围着城堡跑来跑去拍照，大声喊叫，异常兴奋。

逛街也是女士的一大爱好，随便走进一个商店，我们就迈不开腿了。我买了两个真皮女士单肩包，一个给女儿一个给自己。对于漂亮衣服情有独钟的刘女士更是停不下来，我不时叮咛，不要买太多，这儿是我们北欧行的第一站，买多了一路带着，太费力。一条街没走完，我们已经满载，而不得不归了。

赫尔辛堡是一座童话城市、鲜花城市、购物之城，一个来了就不愿离开的地方！

夜幕低垂，我们返回哥本哈根。

晚间10时许，天色不是越来越暗，也不像昨晚那样呈湖蓝色，而是越来越红，红透了半边天。

Day 3   07 / 31

丹麦哥本哈根（Copenhagen）—
瑞典哥德堡（Gothenburg）

今日，是在哥本哈根的最后一天。

这儿的蓝天白云、绿树青草、红顶黄墙、尘塔圆顶，让人开阔视野、陶冶性情，每日行程满满，快乐满满。

新的一天开始了，又将是丰硕的一天！

昨晚一场透雨，今日天空一碧如洗，沐浴在蓝天白云下的哥本哈根安宁祥和、美不胜收。

　　一大早从酒店出发,步行去罗森堡宫(Rosenborg Castle)。罗森堡宫坐落在哥本哈根的国王花园(King's Garden)中,宫内收藏着许多丹麦珍贵的国宝,其中包括丹麦皇家王冠。城堡始建于 1606 年斯堪的纳维亚半岛上最著名的国王克里斯蒂安四世之手,城堡的外观和部分内部陈设还保持着 400 年前的模样。

　　建于 17 世纪早期的国王花园是丹麦最古老的皇家园林之一,如今仍然保留着城堡原来的入口,以及 Hercules Pavillon 大力神馆和许多美丽的雕塑,丹麦著名作家安徒生的雕像也在其中。17 世纪的风貌在对称的文艺复兴时期的风格园林和城堡护城河旁的玫瑰园林得以重现。

徜徉在美丽静谧的国王花园，我们深深呼吸着带一点点甜味的纯净空气，参观着皇室成员奢侈的美物！花园内繁花似锦，花瓣上的露珠晶莹剔透，在阳光下熠熠生辉，我们拍了不少的漂亮照片发在网上，引来无数的赞叹声。

穿过国王花园，来到哥本哈根歌剧院（The Royal Danish Opera House），歌剧院又称为"皇家歌剧院"或"黑钻"，巨大的黑色几何体建筑物矗立在蓝色的海边，强烈的视觉冲击给人带来无限的遐想。

不远处，矗立着著名雕塑吉菲昂喷泉（Gefion Fountain）。大海上，巍然屹立的皇家歌剧院，巨大的黑色几何体建筑在阳光下熠熠生辉；大海边，灵动飘逸的吉菲昂喷泉，泉水喷薄而出，一动一静，一抑一扬，像一首正在演奏的交响曲，时而舒缓曲折，时而气势磅礴。

正午12：00，在阿美琳堡王宫（Amalienborg Slot）看卫兵交接仪式是今日的重头戏。

宫殿门前偌大的广场上，皇家卫兵们身着白蓝色制服，头戴黑色大皮帽，庄严地履行着自己的职责，进行皇家护卫队换岗仪式，这种由内而外散发出的皇室威严不禁让人肃然起敬。

继而，参观阿美琳堡王宫（建于1750年，1760年完工）。它是丹麦王室居住的王宫，如今丹麦女王玛格丽特二世和她的家族正是居住在此。每当女王入住王宫时，其建筑物上会升起丹麦国旗。王宫共有四座宫殿，可供参观的是

036　画游北欧

其中的两座，一座为皇室家族的博物馆，另一座为女王迎接外宾的场所。在这里，保存完好的房间和与皇室生活相关的各种展品诉说着王室几百年来生活方式的变迁，而丰富的皇室藏品和风格各异的装潢也让人遐想联翩。流连其间，人们仿佛置身在数百年皇室历史当中。

海边看《小美人鱼雕塑》仿佛是丹麦旅游不可或缺的重要内容。《小美人鱼雕塑》是丹麦雕塑家爱德华·艾瑞克森在约1909年—1913年期间创作的青铜雕像，置于朗厄利尼海滨步行大道东侧的浅海中。铜像小美人鱼盘坐于大理石上，百年来，她傲然挺立，吸引着来自世界各地的人们竞相观看，她蕴含的精神财富对一座城市和一个国家来说是不可估量的。在丹麦的发展历程中，这个动人的童话故事已成为强而有力的精神财富。小美人鱼被誉为"丹麦的象征"。

虽然通过各种媒介已见过《小美人鱼雕塑》，但近距离目睹小美人鱼，心中仍然充满感动和遐想。小美人鱼集美丽、纯洁、善良、可爱于一身，在当今这样物欲横流的世界，谁还能创作出这样令人感动的童话故事呢？

下午我们兵分两路，朋友们去逛街，我和担任小学美术教师的侄女去克里斯蒂安堡宫。既然来了哥本哈根，不参观克里斯蒂安堡宫不能不说是个遗憾。

克里斯蒂安堡宫（Christiansborg Slot）最早建于1733年—1745年间，克里斯蒂安六世在旧王宫（哥本哈根宫）的基础上建造了这座显赫、华丽、舒适的新宫。克里斯蒂安堡宫具有欧洲18世纪洛可可式的建筑风格，四面合围的宫殿，中心矗立着一座高塔，青铜尖塔的针顶有风向标，既古典又文艺。宫殿内部更是奢华，楼梯也镶嵌着金饰，随处可见欧式雕塑和精美的壁画，还有水晶吊灯、法式家具、各类艺术品琳琅满目。

皇宫不乏精美绝伦的装饰和稀世珍宝，给我印象最深刻的是皇宫硕大的餐厅以及皇后巨大的书房里丰富的藏书。

哥本哈根最后一站——丹麦设计中心（The Danish Design Center），我们算是又开了一次眼界。

丹麦设计中心致力于提升设计的商业价值、促进丹麦设计的推广，博物馆的长期展品包括丹麦国内外艺术家的作品。设计中心落成于千禧年，设计师 Henning Larsen 特别打造了一面精美的玻璃墙，让环境景观一览无余。商店中有很多突破传统设计的商品，包括可折叠的野餐篮、一键控制的弹出式阅读灯、精美的十字绣作品，自重仅 12 公斤的"Brompton 折叠自行车"。除此之外，设计中心内还有各种具有斯堪的纳维亚半岛特色的设计品。

傍晚时分，我们乘坐火车从哥本哈根到瑞典的哥德堡。火车上有免费的 Wi-Fi 可以用，玩玩手机，看看窗外风景，两个多小时，一转眼就从丹麦来到瑞典，刚才密布的乌云，瞬间消失得无影无踪，眼前是蓝天白云、红房绿树。

办理入住后，虽然已经晚上 10 点，我们还是按捺不住激动的心情，奔到街上转悠。盛夏 8 月的北欧，晚上 10 点，天空还未黑尽，街灯闪烁，街上不乏晚归的人，我们这里看看，那里瞧瞧，

激动的心情难以平复。

我们玩到深夜,回到酒店,倒头就呼呼大睡。

Day 4 08 / 01

哥德堡（Göteborg）

　　哥德堡（Göteborg）位于瑞典西海岸卡特加特海峡、约塔河畔，与丹麦北端隔海相望，面积722平方公里，城区人口约50万，是瑞典第二大城市，仅次于首都斯德哥尔摩。

大海永远是我们向往的地方,路过哥德堡,我们就是为了看海。

清晨,静谧的哥德堡乡村风光让我深深迷恋。一幢幢别墅有着深红色的房顶、黄色的墙体,四周环绕着翠绿色的青草地,不知名的花朵五彩缤纷竞相绽放。

哥德堡美术馆(Göteborgs Konstmuseum)是我们今天的第一个目标,旅游观景的同时观赏艺术品,一来增长见识,二来陶冶情操。哥德堡美术馆是由建筑师 Sigfrid Ericson 为了 1923 年的国际展览设计的,庆祝哥德堡建市 300 年纪念日,也象征了新古典主义的风格展现于北欧建筑之中。整个建筑由被称为哥德堡砖的黄色砖头建成,此砖头因常见于哥德堡街头而得名。美术馆拥有世界顶级的 19 世纪后期美术藏品,但同样也收藏有 19 世纪之前的美术品

和当代艺术美术品，包括伦勃朗、莫奈和毕加索等大家之作。然后，我们去了皇冠之家。皇冠之家（Kronhuset）是哥德堡最古老的房屋之一。在这些古老建筑周围宛如马厩的小巧房屋内，可以找到吹玻璃的能工巧匠，现场观看他们吹出一个个设计精巧的玻璃制品，还可以找到专门贩卖陶瓷、钟表的店铺。当然最引人注目的就是那些新鲜出炉的各种巧克力，让我们大饱眼福的同时大饱口福。我们把店内的各种巧克力几乎品尝了个遍。

鹅卵石铺就的庭院和附属建筑的低矮天花板让人觉得仿佛来到了中世纪。皇冠之家建于17世纪四五十年代，属于荷兰建筑风格，由鲜红的砖墙和绿色的铜造尖顶，以及室内陡峭的拱形天花板和木梁构成的迷人组合，使人颇有穿越时空之感。皇冠之家拥有悠久的历史，曾经作为仓库、市政厅、国王的就职地点、博物馆，以及哥德堡管乐团的所在地。

沃尔沃集团是瑞典最大的工业企业集团，始创于1927年，总部就在哥德堡。参观沃尔沃博物馆（Volvo Museum）是哥德堡之行的重头戏，虽然我不懂汽车，但是来到沃尔沃的故乡，自当亲临此地，一睹为快。

沃尔沃汽车博物馆讲述了这一世界知名企业的发展过程。沃尔沃博物馆按时间顺序展示了历史上各个阶段的汽车，展品包括

一些不可思议的概念车以及电影和拉力赛中的名车。博物馆还展示了沃尔沃卡车、公共汽车、船舶和动力引擎等。

  离开沃尔沃博物馆,我们马不停蹄赶往约塔运河码头。建于 17 世纪的约塔运河至今仍然保存完好,搭乘 Padda 游轮观赏哥德堡城是酒店服务生推荐的观光项目。我们登上游船,沿着约塔运河,穿城而过,两岸连绵不断的草坪上绿草如茵、鲜花盛开。不少当地人一家老小或者成双成对的情侣在草地上晒太阳、看风景,我们在船上看着两岸高高低低的哥德堡砖砌成的黄色建筑,人文景观和建筑景观交相辉映相得益彰,身体心灵得到了极大的愉悦。

　　约塔运河穿越哥德堡，汇入浩瀚的大海。哥德堡港是瑞典第一大港口，港口停泊着巨大无比的货轮、游轮，观光游船来来往往，私人游艇随处可见。真是百闻不如一见，大家看见数十米高的巨大游轮、货轮，都直呼过瘾。这趟约塔运河之旅果然不负众望，所有人皆大欢喜，算是今天最受欢迎的活动。

　　今日最后一个观光项目是马里蒂曼海事博物馆（The Maritiman Museum），这家博物馆位于歌德堡市中心的约塔河上。博物馆收藏了19艘具有历史意义的船只，包括军舰、潜艇和拖船等，最古老的船只可追溯到1875年。与其他博物馆不同的是，哥德堡海洋博物馆鼓励你触摸船上的物品，亲身感知体验一下。你几乎可以探索整艘船，这种体验太棒了。我花了一个多小时，上上下下探索船上所有的房间和外部区域。如果你有机会去哥德堡，这个地方一定要去！

哥德堡虽然是瑞典第二大城市，但不属于中国人打卡的旅游热门地，踏入这座城市后，无论在大街小巷、游轮码头，还是在美术馆、博物馆，我们几个东方面孔都十分引人注目，当地人热情好客，使人倍感亲切。

一天的时间是短暂的，我们从早到晚十多个小时马不停蹄，把哥德堡值得一去的地方"一网打尽"。

我强力推荐国人把瑞典哥德堡列入北欧游的名单之中。

Day 5　08 / 02

瑞典哥德堡（Göteborg）—
挪威奥斯陆（Oslo）

清晨 7：00，我们告别哥德堡。

在火车站搭乘欧洲快铁驶往挪威首都奥斯陆，一路风光看不够……

奥斯陆（Oslo），在 1624 年—1925 年间被称为克里斯蒂安尼亚（Kristiania），是挪威的首都和最大城市，是全国政治、经济、文化中心，

也是挪威的贸易、银行业、工业和航运枢纽,位于挪威东南部的奥斯陆峡湾内侧,人口约71.8万人。1952年,奥斯陆曾举办过冬季奥运会。1993年5月,在美国的主导下,以色列和巴勒斯坦在这里签订了著名的《奥斯陆协议》。另外,奥斯陆也是诺贝尔和平奖的颁奖地,每年的颁奖仪式都在奥斯陆市政厅举行。

奥斯陆被森林和田野所环绕,世界上许多种类的动植物生活在这片土地上。奥斯陆市内三分之二的面积是森林和水域,截至2025年,奥斯陆市的人口数约为724,290人,市区面积为426.3平方千米,对应的人口密度约为1,700人/平方千米。城市核心区的形状像是一个被植被茂密的丘陵所环绕的砂锅,许多河流从丘陵中流出,经过市区汇入奥斯陆峡湾。

徜徉在奥斯陆街头,我们深深陶醉在这片绿色世界中。

慕名而去参观奥斯陆的易卜生博物馆(Ibsen Museum)。博物馆位于奥斯陆市中心的易卜生大街(Henrik Ibsens gate),与奥斯陆皇宫隔路相望。

奥斯陆皇宫（Oslo Royal Palace）是当地著名的标志性建筑之一，1848年竣工，成为挪威历史的见证者。1849年7月26日奥斯卡一世期间，皇宫正式投入使用。皇宫功能多样，既是国王、王后的居所，也是挪威君主处理日常事务的地方，国王还在此召开国务会议，举办国宴，招待重要的客人。

皇宫后面有一座公园，游客可以自由参观。我们走到皇宫广场，刚好遇见守卫卫兵交接，自然而然驻足围观。我见识过台北孙中山纪念馆和中正纪念堂的卫兵交接仪式，也在几天前观摩了丹麦王室的士兵交接仪式，两相对比，北欧王室的士兵交接仪式比较简单，就是一种仪式。台北的士兵交接仪式，不仅仪式感强得多，而且隆重得多，中国人比较注重细节，讲究仪式宏大。

与对面硕大的广场、宏大的雕塑纪念碑以及辉煌的王宫建筑比起来,易卜生博物馆就是一幢不起眼的建筑,既不显赫,也不宏大。不过,到了挪威首都,到了易卜生的故乡,易卜生的故居还是需要去膜拜一下。

易卜生全名亨利克·约翰·易卜生(Henrik Johan Ibsen),被认为是现代现实主义戏剧的创始人,有《玩偶之家》《海达·加布勒》等著作。易卜生生前生活了11年的故居如今变成了博物馆,展示了剧作家大师的生活轨迹和创作成就,是"易卜生迷"不容错过的地方。博物馆里的书房还是易卜生去世时的模样,其他的房间是后来还原的。我们在博物馆导游的陪同下参观图书馆、餐厅和客厅。易卜生的书房是博物馆的必去之处。馆内陈列着许多与易卜生的作品相关的照片、文字介绍、书籍、雕塑等,易卜生最后两部作品也是在这里完成的。

052　画游北欧

下一个目标，挪威国家美术馆（Nasjonalgalleriet），此美术馆是挪威国内最大的艺术品收藏地，涵盖了从浪漫主义时期到现代的作品，时间跨度从1800年至二战时期。馆内收藏了蒙克、毕加索、格列柯、马奈、莫奈、马蒂斯、塞尚等的作品。爱德华·蒙克（Edvard Munch）是世界闻名的挪威表现主义画家和版画家。蒙克凭借其躁动的灵魂和挪威人独有的性格铸就了自己的艺术风格，从而奠定了自己的历史地位。亲眼欣赏他的标志性杰作《呐喊》是每一个热爱艺术的人的心愿。今年是蒙克诞辰150周年，我们恰逢其时来到奥斯陆，目睹了他的众多真迹，真是无比幸运。

今晨，我们搭乘火车从哥德堡到奥斯陆，在酒店放下行李，甚至还没有办理入住手续，就马不停蹄地开始了我们的奥斯陆一日游，一个接一个地看博物馆，也是一件相当累人的事。

早餐，火车上啃面包、吃水果，对付了一餐；午餐，在街上随便解决的；晚餐，再怎么样也得来一顿正餐，好好吃一顿。

晚餐后，我们逛街市、看夜景，体会当地人的生活。

Day 6 08/03

奥斯陆（Oslo）

今日主要目标是维格兰雕塑公园。维格兰雕塑公园（Vigelang Park）又被称为福洛格纳公园（Frognerpark），位于奥斯陆的西北部。公园以挪威雕塑大师古斯塔夫·维格兰的名字命名，园内有192座裸体雕塑，所有的雕塑中共有650个人物雕像，所有雕像都是铜、铁或花岗石材制，由雕塑大师耗费20多年精心制成。可以说这个雕塑公园是雕塑家维格兰的成名之作，也是他的毕生之作。

从计划北欧游开始，我就一直憧憬着这个神秘而新奇的维格兰雕塑公园，今日终于如愿以偿。

入口在公园东侧临 Kirkeveien 大道,一进入口即有一条步行道直通公园中心,沿坡道步行约 5 分钟,即可看到一座宏伟的桥梁横跨于池塘。桥下的池塘畔为儿童游乐区。喷水池周围的辅道,以黑白花岗岩拼成马赛克式的图样,且设计成颇有趣味的迷宫图,全长约 3 公里,据说是雕塑家维格兰用来象征人生的错综复杂。

公园正中是一条长达 850 米的中轴线,正门、石桥、喷泉、圆形台阶、生命之柱都位于轴线上,主要雕像、浮雕分布其间。石桥两侧各有 29 座彼此对称的铜雕。喷泉四角,各有五座树丛雕,四壁为浮雕,中央是托盘群雕。圆形台阶周围是匀称的 36 座花岗岩石雕,中央高耸着生命之柱。全部雕像,形成美丽的几何图案,匀称和谐,浑然一体。

公园里所有雕像的中心思想,集中突出一个主题——生与死。如喷泉四壁的浮雕,从婴儿出世开始,经过童年、少年、青年、壮年、老年,直到死亡,反映人生的全过程。四角的树丛雕,一角是天真活泼的儿童,一角是情思奔放的青年,一角是劳累艰苦的壮年,一角是垂暮临终的老年，组成人生的四幅画面。

　　圆形台阶的 36 座石雕，也是从婴儿出生开始的，游人依次环行，渐渐看到人生各个时期的形象：孩子们在捉迷藏，少年们在扭打玩耍，壮年们在埋头工作，老人们熬度暮年，环绕一周，到第 36 座死亡球塔为止。

石桥两边的护栏上，安放着反映日常生活的 58 座青铜雕像，塑造了许多青年男女和儿童。体格健壮的男子、绰约多姿的少女和纯真无邪的儿童组成了大组群雕，它们有的在尽情地跳舞，有的在谈情说爱……维格兰在这组雕像群中，穿插了一个新的主题思想——父亲与孩子们在一起。这样的家庭理念在 20 世纪初还是比较前卫的。

圆形台阶中心的生命之柱，是公园的标志性建筑，无论从公园的哪一个方向都能够远远看见它直插云天的身影。无论在艺术技巧上，或是思想内容上，都算得上园中具有代表性的杰作。它是维格兰花费 14 年心血雕成的。石柱高达 17 米，周围上下刻满了 121 个裸体男女浮雕。

走走停停，我们逐一观看雕塑，每一尊雕塑都是全世界独一无二的，几百个雕塑人物可以说是形态各异、千奇百怪，看得人眼花缭乱。

累了,在偌大的草坪上躺一躺,在池塘畔坐一坐。望天空,云卷云舒;看水塘,流水淙淙,水鸟飞舞。迷宫一样的步道使人不知不觉走了很长的路程……在这个巨大无比的雕塑公园玩上一天,你绝对不会有任何枯燥乏味的感觉。

回到市区,我们去了奥斯陆的诺贝尔和平中心(Nobel Peace Center)。该中心是由奥斯陆市政厅附近的旧火车站改建而成的。每年12月10日诺贝尔和平奖颁奖典礼在此举办,中心还展示从首届1901年至今的获奖者的个人功绩和相关史料,以及创办人阿尔弗雷德·诺贝尔的相关资料,同时此中心也具备多种用途,可以进行演讲展示等,也有咖啡厅和商店。

　　我们在这里见证并体验了现代的高科技影音声像设备,大家争先恐后尝试各种音像设备,玩得不亦乐乎。语言不通没有关系,对于大多数图像大家还是感兴趣的。

　　我们逛街、购物,在餐馆吃饭,在街心花园坐看来来往往的人群……都是城市旅游必不可少的项目。

　　傍晚时分,夕阳余晖洒在奥斯陆的大街小巷,更增添了这座北欧城市的静谧和美丽。

　　我们迷失在北欧风情里,流连忘返。

Day 7 08 / 04

奥斯陆（Oslo）

第三天，也是我们在奥斯陆停留的最后一日。

第一天，奥斯陆的天空时而晴朗，时而乌云密布。第二天，蓝天白云下，时不时有阵雨来袭。今日一早出门，晴空万里，奥斯陆的建筑在蓝天白云的映衬下更加美丽。

今日，我们在市政厅码头搭乘 Mini 游船去比格迪半岛（Bygdøy）。

　　这是奥斯陆城市的观光之旅，行船途中，可以欣赏到奥斯陆 20 多座知名特色建筑。到比格迪半岛，我们参观了岛上珍贵的实物船舶博物馆。

　　提起挪威，人们想到更多的是曾经的海盗及海上霸权，而今日的国家形象已经完全脱离了昔日的海盗形象。

　　船在海上行，两岸经典建筑接连显现，令人目不暇接，海风吹拂，各式船只来往穿梭，不断触发我们的兴奋点。

提到奥斯陆的比格迪半岛可能国人大多不知其名,但是说到几年前(2011年)发生在于特岛的那场血腥杀戮,知道的人就不计其数了。2011年7月22日,发生在挪威首都奥斯陆市的爆炸事件与发生在于特岛的枪击事件震惊了全世界。当地时间15时26分,位于奥斯陆市中心的挪威政府办公大楼附近发生爆炸事件,挪威政府大楼、财政部大楼以及对面的《世界之路》报社在爆炸中受到破坏,造成8人死亡,10人重伤。紧接着,枪手来到于特岛,对当日参加青年营的青少年一阵狂扫,造成了69人死亡。

时过境迁,血腥的场面已经从人们的记忆中淡去。

我们登岛时,蓝天白云不见了踪影,乌云密布,一幅山雨欲来的景象。

比格迪岛是一个半岛,位于挪威首都奥斯陆西部。比格迪半岛上有多座博物馆,也是挪威历史上最古老,拥有文化景观最丰富的地区之一。比格迪半岛拥有美丽的公园、森林和海滩等自然景观。在 2004 年印度洋大海啸之后,挪威在比格迪半岛修建了一座纪念馆。

我们首先参观的是康提基号博物馆,这是一个介绍探险家 Thor Heyerdahl 的私人博物馆,展室包括地上一层和地下室。一楼展室陈列着重点展品"康提

基号"木筏船只，以印加帝国太阳神命名，采用南美巴尔杉木制成，展现前哥伦比亚时代的原始木筏风貌。图文展板介绍了 Thor Heyerdahl 的探险经历，包括驾驶"康提基号""拉神号""拉神 2 号""底格里斯号"的航海旅程，以及前往法图伊瓦岛、加拉帕戈斯群岛、复活节岛、土库梅遗址等地的野外考察。

地下室还有另一件馆藏亮点——"拉神 2 号"纸莎草船，该船以古埃及太阳神命名，见证了 Thor Heyerdahl 1970 年从摩洛哥港口横渡大西洋，抵达西印度群岛巴巴多斯的海上探险。这次探险活动证实了考古学假设"大西洋两岸的史前文明可以依靠芦苇船进行交流"。 影院位于地下室，每天中午 12 点播放《康提基号》纪实电影，该影片第一次将 Thor Heyerdahl 的真实冒险经历搬上大银幕，于 1951 年获得奥斯卡最佳纪录片奖。图书馆还收藏有 Thor Heyerdahl 1989 年捐赠的文献档案、个人著作与藏书、新闻剪报、记录科学探险活动的摄影胶片和录音带等。

过去只知诸葛孔明的草船借箭，今日得见真实的草船，而且可横跨太平洋，不禁惊叹百闻不如一见啊！

我们接着参观维京船博物馆（Viking Ship Museum），该馆展示了三艘在奥斯陆峡湾附近出土的维京船，这是目前世界上保存最完整的维京文物。保存最为完整的两艘维京船叫作 Oseberg 和 Gokstad，展出的第三艘维京船叫作 Tune，只剩下几片甲板和其他碎片。三艘维京船都建于公元 9 世纪，并在 19 世纪末 20 世纪初从奥斯陆峡湾被打捞出来。同三艘维京船一起展出的还有在船上发现的人类骷髅。

最后，我们来到以挪威极地探险为主题的弗拉姆极圈探险船博物馆（Fram Museum，亦称为前进号博物馆）。博物馆于 1936 年 5 月 20 日开幕。馆内用 9 种语言详细介绍了 1893 年到 1912 年间的三次伟大的弗拉姆探险。其中最重要的展品要数世界最坚固的木质船,同时也是挪威第一艘专门为极地研究修建的船——"弗拉姆"号极地船,全长 39 米、800 吨、船桅高 11 米、吃水深度 5 米,昔日挪威探险家罗尔德·阿蒙森曾搭乘它南征北战地球的极南极北。我们能够见到这艘实体船舶的真容,十分难得。参观者还可以登船参观内部的船舱和机械室。展览着重介绍持续升温的"两极"问题,展出各次探险所带回的物品,这里还有世界最大的关于极地的主题图书馆,有超过 220 种书籍。

参观完毕，我们搭乘观光游船，返回市政厅码头。

奥斯陆歌剧院（Operahuset）是一定要亲自去看看的。历时5年、耗资约5亿欧元设计的奥斯陆歌剧院占地约49,000平方米，其洁白优美的外观使它一诞生就跻身为奥斯陆的城市地标。从海上看，歌剧院建筑是一道亮丽的城市风景线。上岸近距离感受这件堪称一绝的艺术品，是一次不可多得的艺术享受。

在挪威，大自然一直敞开怀抱欢迎每个人，奥斯陆歌剧院的设计中也融入了这种理念。无论在东方还是西方，擅自踏上别人家屋顶都是不可取的，甚至会招致拘捕。但这座别具一格的歌剧院则一反传统，游客们不仅不会像在别处那样遭遇到"禁止进入"的尴尬，还可以在屋顶上散步、坐下休息。

奥斯陆歌剧院屋顶上铺着大理石，人们站在上面可以从各种角度欣赏奥斯陆。向右看，峡湾中的岛屿上面矗立着传统的夏日度假小木屋，屋子被漆成亮眼的色彩。向左看，奥斯陆市中心尽收眼底。向前看，面朝大海，视野辽阔。向后看，如同仙境般的群山环绕着奥斯陆——这一欧洲发展最快的首都城市。奥斯陆歌剧院全年开放，可以举办各类户内户外戏剧表演、演唱会等活动。歌剧院的结构独特，市民和游客可以在水边欣赏表演。

走进歌剧院大厅，里面热闹非凡，正在表演歌唱和担任器乐演奏的人不少，四周挤满了观看演出的人们，尽管看样子不像正规的表演，因为没有舞台，也没有报幕，算是自娱自乐性质的表演，但歌唱者和演奏者水平还是蛮高的。一曲终了，人们报以热烈的掌声。又一首优美的旋律响起，又一位歌唱者

舒展歌喉，表演者演得投入，观众看得专注。我们融入其中，久久不愿离去。

　　挪威首都奥斯陆三日游圆满画上了句号，时间虽然短暂，但内容十分丰富，很多精彩的画面永远定格在了我们的脑海中。

Day 8 08/05

挪威

(Norway)

今日之旅——挪威缩影。第一段行程,从奥斯陆出发搭乘火车穿越挪威森林;第二段行程,乘坐弗洛姆高山观景小火车,欣赏高山瀑布;第三段行程,搭乘豪华游轮游挪威松恩峡湾;第四段行程再次搭乘火车到达我们下一个目的地——卑尔根。这是一条浓缩的旅游路线,可将挪威著名景点一网打尽。

4点半醒来,窗帘透出霞光,从酒店房间望出去,天空金灿灿一片。

火车旅行比搭乘飞机虽然要多花一些时间，但车窗观景也是一种很独特的旅游体验，我就很享受火车观光这样的旅游方式。而且，欧洲火车宽敞舒适，乘坐欧洲列车没有局促感，如果提前购票，可以节约一半甚至更多的车费。还有一个重要的因素，欧洲的火车站（火车总站）无一例外都在市中心位置，很方便我们这样的游客，酒店选择在火车站附近，出行和逛街十分方便。

一早登上火车，我们开始一天时间的"挪威缩影"之旅。我想：日本作家村上春树写了《挪威森林》，其实文字与挪威的森林并无多大关系。但是，今日要穿越挪威的森林，脑海里自然而然就出现了"村上春树"这个名字。

乘坐旅游观光列车从奥斯陆出发，我们目睹连绵数百公里的森林，除了惊叹就是赞美！人们常说"人杰地灵"，依我看挪威正是因为有了广袤无垠的挪威森林才出了像蒙克、易卜生这样的文学巨匠，才使挪威这个小小的国家，成为全世界迄今唯一在南极、北极都拥有领土的国家。

沿途风景如画,且越接近米达尔(Myrdal)风景越好,几个小时的车程完全没有任何旅途劳顿的感觉,只觉得眼前掠过的是一幅幅多姿多彩的山水画。过去只知道挪威森林美,亲临其境后才感知挪威的湖泊也美或者说更美!此时此刻只觉得词汇匮乏,完全没有更好的词语来描述这番人间胜景!

Tour & Paint Northern Europe　075

崇山峻岭之间，雪水融化形成无数大大小小飞流直下的瀑布，大自然鬼斧神工，引来车上乘客阵阵感叹和惊呼……

　　第二段行程是乘坐弗洛姆高山小火车，从米达尔（Myrdal）到弗洛姆（Flåm），这是世界上最陡的一段火车路线，从海拔 866 米的米达尔下降到海拔 2 米的弗洛姆，平均每前进 18 米就降低 1 米的海拔高度。米达尔海拔虽然只有 866 米，但终年四季积雪。正值盛夏时分，火车站外气温只有 8 摄氏度，我在车站外面走走，感觉阵阵凉意。

　　我们乘坐弗洛姆高山小火车经过 Kjosfossen 瀑布，火车停下，全体乘客下车观景。只见瀑布从天而降，直泻而下，水量超级充沛，水声震耳欲聋，水珠飞溅，烟雾缭绕，最神奇之处是半山有一红衣女子随着音乐翩翩起舞，只可惜水雾太大，我们的相机不能把此情此景完全记录下来。

到了弗洛姆，我们下了火车，从弗洛姆乘游轮游览壮观的松恩峡湾（Sognefjord），这是此次"挪威缩影"的重头戏。

松恩峡湾位于挪威西部松恩—菲尤拉讷郡（Sogn og Fjordane）南部，全长204公里，是挪威第一长、世界第二长的峡湾，为挪威著名的旅游胜地。松恩峡湾最深处达海平面以下1,308米，主干平均宽度约为4,500米。

完整表现挪威峡湾之自然美景的松恩峡湾，最受世人瞩目，其与当中最窄的纳鲁峡湾（Naroyfjord）并列被列入联合国教科文组织的《世界遗产名录》。虽然这儿高峻的山峰遮蔽了太阳，即使在夏季阳光也无法长时间照耀两岸，但山上林木茂盛，深绿、墨绿、浅绿与蓝色的海水融合在一起，俨然一幅幅绚丽的油画。

松恩峡湾完整展现出挪威峡湾的各种美景特色，加上地理位置正好位于奥斯陆和卑尔根二大城市之间，因此此处成为最热门的旅游景点。我们乘坐游船缓慢地航行着，两岸的小镇、村庄散落在湖畔，幢幢红顶黄墙的房屋掩映在红花绿树中，蓝天白云，青山绿水，峡湾人生活在如诗的画中。

　　成群结队的白色燕鸥围着船身打转,跟随船前进,是松恩峡湾一道美丽的风景线。原来是游人常常投喂这些小可爱,故形成了这样吸引人的景观。燕鸥不仅不怕人,而且直接飞到人的头上抢食人们手中的面包,倒是人们有时候被吓得一惊一乍。

划过松恩峡湾蓝色水面的,不仅有大型豪华游轮,也有小汽艇、小帆船,甚至还有一叶叶扁舟。

下了游船,我们继续搭乘火车去卑尔根(Bergen),当我们即将接近今日旅程终点时,在沃斯小镇(Voss),不仅欣赏到了小镇美丽的山水,而且看到了彩虹,一道巨大的双彩虹划破天空。

一日"挪威缩影"之旅,我们经历了清晨的霞光万丈、中午的风和日丽,下午乘游轮航行松恩峡湾时经历了风雨,最终见到彩虹!

真是愉悦欢快、惊喜连连、收获颇丰的一天!

Day 9　　08/06

卑尔根（Bergen）

卑尔根（Bergen）是进出挪威峡湾的重要地点，在20世纪奥斯陆被定为首都之前，卑尔根一直是挪威的首都。

卑尔根城市围绕港口而建，游人来到卑尔根，旅程大多从港口开始，我们也不例外。

来到卑尔根首要任务就是大快朵颐海鲜，而饱餐一顿物美价廉的海鲜，当然得去鱼市（Torget Fish Market），卑尔根的鱼市集中在港口边的老城区。早在16世纪，这儿已是渔货集散地，现在则成为旅游观光、购鱼、品鱼的最佳地点。

今日早餐,就在鱼市,我们不仅大啖了各个品种的海鲜,而且采购了大量的鱼子酱,准备带回中国让家人朋友品尝一下正宗的卑尔根美味。只可惜刘妹妹的鱼子酱瓶封闭效果不佳,油渗漏出来污染了箱里的衣物。

吃完早餐,我们兵分两路,我和韩妹妹去弗洛伊恩山(Fløyen)顶看自然风光,其余三人去逛街购物。

上弗洛伊恩山顶可以搭乘上山缆车,红色的缆车非常抢眼。步行大约1小时,不算远,我们便决定步行上山。这儿的山比起我们四川的青城山、峨眉山根本就算不得什么山,所谓徒步登山就是边走边看风景。

上山的道路两旁是五颜六色的木头房子,每家每户门前鲜花盛开。卑尔根人真是一个热爱生活、热爱大自然的民族,在忙忙碌碌的中国,很难享受到这般与世无争的风景与宁静。

穿过一片片松林,上到山顶,一路饱览卑尔根美景,人也变得神清气爽起来。

我们在山上看到了一个提防女巫的标牌,太可爱了!

到处散落着小孩子玩的娱乐设施。小羊被拴着吃草,四周没有围栏。

选择缆车上山的人也不少,不过缆车的班次也很密集。山上缆车站巨大的平台是观景台,可以俯瞰整个卑尔根城市和港口,视觉效果非常好。缆车站旁边的咖啡厅小吃出乎意料很便宜。

再往上攀登，站立更高的山峰，视野更加开阔。卑尔根，呈现的又是另一番风景。

和奥斯陆的喧嚣相比，卑尔根是一个与大自然融为一体的城市，在这里我更愿意把自己融化在片片绿色中……

为了节约时间，我们搭乘缆车下山去到位于市中心的广场与他们仨会合。

市中心广场是人们休闲娱乐的好地方，这儿绿草成茵、鲜花盛开，雕塑艺术随处可见，硕大的水池中央喷泉高高喷起，水雾在空中飘散，一阵阵水雾向我们飘来，凉凉的、冰冰的……

从市中心广场看依山而建的房屋，绿树丛中的点点红色分外抢眼，是一幅幅美丽动人的山水画；对比之前从山顶上看卑尔根市区房屋，又是另一番景象。

我们随意地在城里转悠，拍下了许多卑尔根独特的建筑。城市随处可见的一座座雕像，讲述着卑尔根城市的故事，这是一个充满艺术和音乐的城市。

当然，到了卑尔根一定不能错过布吕根（Bryggen）。布吕根又名"德国码头"，是排列在卑尔根码头老区的一系列汉莎同盟商业建筑。布吕根1979年被联合国教科文组织列入《世界遗产名录》。布吕根拥有博物馆、纪念品店、商店、餐馆和酒吧等设施，其名称与比利时城市布鲁日为同一来源。

布吕根拥有 62 幢颜色鲜艳又古色古香的建筑物,它们是德国商人从前兴建的家园和店铺,喧闹的沃根湾(Vågen)是卑尔根最迷人的部分,这儿既是卑尔根的著名观光点,又是购物者的天堂,人们可以一边穿梭在历史中,一边享受购物的乐趣。质地上乘,价格实惠的衣物应有尽有。"购物狂"刘妹妹不仅买了很多衣物,而且买了一个大行李箱装东西,其余人也没有空手而归的,几乎人人都买到了心仪的衣物。

Tour & Paint Northern Europe

挪威曾经的首都卑尔根褪去了昔日的繁华与喧嚣,如今是一个静谧而充满诗情画意的地方。

卑尔根我还会再来很多次!

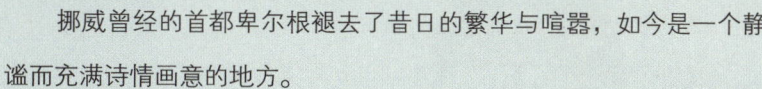

Day 10　08 / 07

挪威卑尔根（Bergen）—
瑞典斯德哥尔摩（Stockholm）

　　告别美丽静谧的卑尔根，我们乘10：45瑞典航空从卑尔根飞瑞典首都斯德哥尔摩。

　　蓝色的天空、蓝色的海洋、绿色的大地，北欧行的最后一站——斯德哥尔摩（Stockholm），我们来了！

此刻我们正在去往斯德哥尔摩市中心的机场快客上,现在不仅宾馆有 Wi-Fi,旅游大巴、机场快客上都有 Wi-Fi,所以随时随地可与家人朋友联系。

斯德哥尔摩是瑞典的首都和第一大城市,是瑞典政治、经济、文化、交通中心和主要港口,也是瑞典国家政府、国会以及皇室的官方宫殿所在地,世界著名的国际大都市。斯德哥尔摩位于瑞典的东海岸,濒临波罗的海,梅拉伦湖入海处,风景秀丽,是著名的旅游胜地。市区分布在 14 座岛屿和一个半岛上,70 余座桥梁将这些岛屿连为一体,因此享有"北方威尼斯"的美誉。

放下行李箱,我们直奔第一个目的地——斯德哥尔摩市政厅。斯德哥尔摩市政厅(Stockholm Stadshuset)位于国王岛(Kungsholmen)的东南角,两面临水,建造时间从1911年到1923年,历时12年。市政厅由800万块红砖砌成的外墙,在高低错落、虚实相生中保持着北欧传统古典建筑的诗情画意。市政厅的右侧是一座高106米带有3个镀金皇冠的尖塔,代表瑞典、丹麦、挪威三国人民的合作无间。登上塔的顶部,可一览整座城市的风貌。

市政厅呈庭院式结构,四围建筑里是一个小广场,里面还保留着几棵树,绿色的藤蔓攀援在墙上,与红砖配在一起异常漂亮。市政厅南面是一个较宽阔的花园,隔水和骑士岛相望。花园的草坪修建得很整齐,靠水的平台两侧有两座雕像,一男一女,分别代表歌唱者和舞蹈者。人们站在水边,仿佛置身于童话世界。

蓝厅是市政厅里最大的宴会厅,每年 12 月 10 日的诺贝尔晚宴就是在这里举行,这里有一台巨大的管风琴,它拥有大约 10,000 根音管和 135 枚音栓。

参观蓝厅必须由解说员带领,有两种语言可供选择(瑞典语或英语),我们选择英语。解说员带着我们边走边讲,在宴会厅中央摆放着诺贝尔颁奖典礼时的大照片,我们一一与之拍照留念。此时此刻,大家似乎都能近距离地感受到诺贝尔颁奖典礼隆重而热烈的气氛。

市政厅内还设有大厅、白拱厅、椭圆形画廊、三皇冠、金厅等,各个房间内陈设的精美雕像、画像令人眼花缭乱。这儿有重达 1 吨的铜门,百拱厅墙壁上造型精美的音乐钟在夏时制每日 12 时、18 时就会转动表演圣乔治与龙的故事。

最辉煌、最引人瞩目的是金厅,其四壁有用1,800万块约为一厘米见方的各种彩色小块玻璃镶成的一幅幅壁画,正中间的壁画描绘的是梅拉伦湖女神,她是斯德哥尔摩的守护神。金厅的材料并不全用金子,而是在两片玻璃之间夹上金箔,因此整个金厅看起来金碧辉煌,但实际的金子用量并不多,只有十几公斤而已。

市政厅广场很宽阔,有绿树繁花、喷泉雕塑点缀其间,在波光粼粼的湖水映衬下,景色典雅秀美。在广场逗留的不仅有来自世界各地的游客,也有当地市民,人们在此娱乐休闲,来来去去络绎不绝。

湖的对面就是斯德哥尔摩大教堂,正式名称为圣尼古拉教堂(Sankt Nikolai kyrka),以木雕著称,是斯德哥尔摩城内最古老的建筑之一,也是一座皇家教堂。这里不仅举行过国王加冕仪式,还在2010年举行了瑞典公主童话般的皇家婚礼。教堂建筑内部拥有华丽的装饰、精美的陈列与珍贵的收藏。

斯德哥尔摩大教堂不仅是市民的信仰中心,也是皇室举行重大庆典仪式的地方。教堂建于13世纪,外观为巴洛克风格建筑,内部拥有5座侧翼的晚哥特式建筑。教堂正中央以全银打造的祭坛是1650年由一对瑞典议员夫妇捐赠的。讲坛旁的圣乔治屠龙救公主雕像,刻于1489年,是北欧最大的一座雕像,匠人把华丽又细腻的雕刻技术发挥到了极致。

　　大教堂旁边是斯德哥尔摩王宫（Stockholms slott），高高的钟楼和耸立的方尖碑是其标志性景观。教堂前立有奥罗斯·佩特利雕像，内部有珍贵的"教堂七宝"，即圣乔治和龙木雕、油画《最后的审判》、球形烛台、七枝烛台、银祭坛、皇家宝座、神坛。通过教堂展出的历代皇家骑士的徽章，也是人们了解这座城市历史的不错方式。

瑞典诺贝尔博物馆为我们来到斯德哥尔摩第一天的旅程画上了一个完美的句号。诺贝尔博物馆坐落在斯德哥尔摩旧城区的一座中世纪建筑中,楼前广场是人们休闲玩耍、喝咖啡就餐的好场所。进入博物馆,如星宿般布置的"The Cableway",将历年得奖者的照片和资料挂在移动式弧形缆线上,参观者只要站在地上一个定点,就可以看完所有简介,地面则显示历年的领奖画面。我在介绍莫言资料的荧屏前驻足,引来一位外国友人羡慕的目光,她说为我们感到骄傲!

Day 11　08 / 08

斯德哥尔摩（Stockholm）

　　今晨 8：00 出门，天气阴沉，一副要下雨的模样；晚上 9：30 回酒店，万里无云，半边天火烧云，半边天碧空如洗！

　　今天原计划参观四个博物馆及公园，却误打误撞看了五个，且个个都是精品绝版，大喜过望，收获满满。今晚先把沿途奇花异草晒一晒朋友圈，关于五个精品的游历过程后面再细细道来。

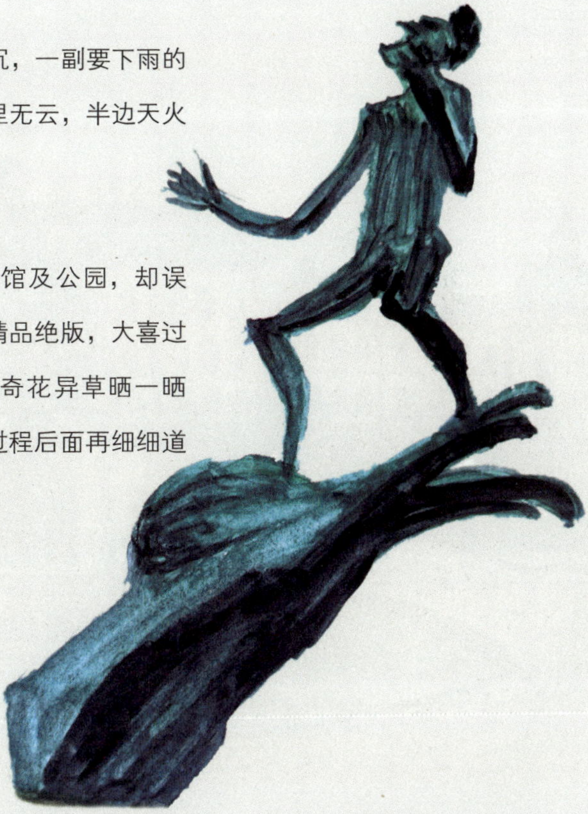

我们一大早出发,搭乘渡轮去参观位于市郊一个小岛上的皇后岛宫(Drottningholms Polace)。眼前这座奶油色的宫殿建筑,始建于 16 世纪,在 17 世纪重建,这里有欧洲最古老的剧院以及巴洛克式花园。1992 年其被联合国教科文组织列入《世界遗产名录》,也是瑞典首个入选之地。

皇宫前有座小型法式几何花园,花园里的赫丘力士铜像出自荷兰文艺复兴大师 Adrian de Vries 之手,这是从丹麦腓特烈城堡抢来的战利品。

最新奇的体验就是这里居然有一座绿顶中国亭阁，外观是洛可可式建筑，在许多细节上加入了东方元素。来这儿的中国游客不多，我们一行五人比较吸引眼球，我们也看得十分仔细，不放过寻找每一处中国元素。

然后，我们去了位于瑞典郊区利丁厄岛（Lidingo）的米勒斯公园（Millesgarden），这里所展出的雕塑均是瑞典雕塑家 Carl Milles 的作品，Milles 在法国旅居时期，曾和法国雕塑大师罗丹一起工作。这些原来在瑞典及美国各大城市展出的作品，现在全都在米勒公园里。这是游瑞典不能错过的地方，可惜在这儿我们没有见到熟悉的中国面孔。

北欧博物馆（Nordic Museum）本不在我们参观之列，我们在寻找瓦萨号战舰博物馆时误打误撞上，这算是难得的缘分。人们从展品里可窥见瑞典人许多有趣的生活方式，以及很多当地民族文化风情。

今日重头戏——参观斯德哥尔摩瓦萨博物馆（Vasaloppet），这是我们北欧行前女儿向我隆重推荐的必看项目。瓦萨博物馆是瑞典斯德哥尔摩的一所海事博物馆。博物馆位于动物园岛上，主要用于展示17世纪的沉船——"瓦萨号"。"瓦萨号"是一艘拥有64门大炮的战舰，于1628年首航时沉没，这个故事像极了人们熟知的"泰坦尼克号"，也是首航即遭沉没。

故事发生在1628年，"瓦萨号"在首航时不幸沉没，所幸的是它沉没于斯德哥尔摩港内。在海床上静静地待了333年后，这艘庞大的战舰被整体打捞上来，从此它又开始了新的"航行"。"瓦萨号"是当今世界保存下来最美观且最完整的17世纪船只，是独一无二的世界级艺术瑰宝，现在人们在博物馆里所见的"瓦萨号"战舰98%的部分都是由原始部件和上百件雕刻品构成。

瓦萨博物馆开馆于 1990 年，据其官方网站的资讯，该博物馆是斯堪的纳维亚半岛历年来接待游客最多的博物馆之一。瓦萨博物馆除了是"瓦萨号"的"家"以外，这里还举办各种讲述"瓦萨号"历史的展览。它的历史虽然短暂，但是却影响深远。展馆每天有几次英语导游服务，还配备有不同语言的音频讲解器。

到斯德哥尔摩，"瓦萨号"探索之旅是不容错过的经典之旅。展馆里人头攒动，人人争先恐后与这艘巨大的船只合影留念。我想，这么好的一艘战舰，怎么会在首航而且在港口里就沉没了呢？几百年前也有"豆腐渣工程"？！不至于吧！毕竟超级豪华的"泰坦尼克号"也是栽在首航上。

参观斯坎森博物馆（Skansen）也是我们期待已久的项目。斯坎森博物馆是瑞典第一个露天博物馆和动物园，位于瑞典斯德哥尔摩的动物园岛上。它于1891年10月由亚瑟·哈兹乌斯（1833–1901）建立，以展示工业时代之前瑞典不同地区的生活方式。迄今为止，在斯坎森博物馆大约有150座来自斯堪的纳维亚半岛的建筑，其中最古老的是14世纪的。

这里复原的有200多年前的村庄，村子再现了第一次工业革命时期欧洲的乡村景象。这里的工作人员穿着当年的衣服，采用当年的工具进行生产和商业活动。在这里参观真的能很直观地感受到200多年前的一切，犹如穿越时空般的奇妙。

这里也有 200 多年前的市区——斯坎森市区，它是 19 世纪一座中等规模的城市，设有邮局、药店、商店、面包店、陶器店、玻璃厂等手工艺品店，还有木工厂和机械车间。一条城市街道上布满了由印刷工、装订工、金匠等经营的旧工艺屋，和该地区年代较新的如 1930 年的便利店。

不只来自世界各国的游客会来此地，瑞典当地人也非常热衷于带孩子来这里。这里的动物园跟国内的动物园大相径庭，园里没有牢笼，而是一片生态园区，狼和棕熊都生活在偌大的几百平方米的地方，孔雀在园里自由自在溜达，也不躲人，十分美丽。这里是一个接近大自然的绝佳地点。

与瓦萨博物馆的拥挤相比，斯堪森清净多了，偌大的博物馆游人并不多，来来往往就没有看见我们的同胞，我们每到一处参观，当地的人都乐意与我们互动，看来东方面孔在这里很少出现。我回到德国与女儿、女婿谈起这里的博物馆和参观博物馆的经历，他们听得津津有味，我很得意我制订的出游计划总是有一些独特之处和令别人羡慕的地方。

从斯堪森博物馆出来，我们走马观花地看了瑞典国家历史博物馆，这里收藏有从石器时代至16世纪的历史文物。馆内最著名的收藏是大量金制文物，号称"金房子"（Guldrummet），这是一次不可多得的金色之旅。

晚上7时许，在即将结束今日旅程之时，我突发奇想，明天就要离开斯德哥尔摩了，今天一定要去看海，不然以后会后悔的。大家一致响应。

果然，不负众望，我们不仅看到了斯德哥尔摩的海上风景，还看到了海上日落。斯德哥尔摩的日落美得令人窒息！

有意栽花花不开，无心插柳柳成荫。我们居然在斯德哥尔摩看到了真正的海上日落，幸哉幸哉！

一天从早到晚马不停蹄，我们看了五个博物馆，晚上回到下榻的酒店，他们四个累得人仰马翻，只有我还沉浸在参观博物馆和看日落的兴奋之中，心中暗暗得意自己别出心裁的旅游计划。

Day 12   08 / 09

瑞典斯德哥尔摩（Stockholm）—
德国法兰克福（Frankfurt）

今日我们将作别斯德哥尔摩回法兰克福，昨天就收到女儿的留言："妈妈，想你了，快回家！"

临行前，我们一早出门直奔瑞典皇宫，从中央火车站出来穿过步行街，清晨行人很少，与昨日街上熙熙攘攘的人流相比，街道宁静了许多……

我们顺着市中心往皇宫走，转瞬来到护城河边，旭日柔和的阳光中，四周建筑映入碧水，创造出一幅幅美景，令我们如痴如醉……

　　位于市中心步行街上的瑞典皇宫，虽建于几个世纪前，但至今瑞典皇室成员仍然居住于此。他们准许市民和游人参观部分房间和博物馆展示厅，可见皇室是多么亲民。我们9:00开馆后就进入参观，完毕正好10时整，其间还有幸观看到了皇宫卫兵的交接班仪式。

诺贝尔广场四周鲜艳外墙的建筑群和装饰着鲜花的餐馆、酒吧,给市民和游人创造了一个休闲的好地方。我们再次来到这里,不期而遇了一个年轻漂亮的街头女歌手,她正在用自己制作的、我们从没有见过的乐器自弹自唱,动人的歌声吸引了过往行人驻足倾听。

　　从诺贝尔广场一直走过来，不过两三分钟，我们来到此次斯德哥尔摩行程的最后一个景点——德国教堂，这座教堂由 14 世纪一个德国商会所捐赠，一度成为德国境外唯一的德国教区。据介绍，教堂内部为巴洛克风格，所有设计、壁画皆出自德籍建筑师和艺术家之手。可惜教堂要 11：00 才对游人开放，我们计划 11 时离开市中心，已经没有时间一睹它的真面目了。留一点遗憾作为下次来的理由吧！院里一处点缀着线状物的东西，不知代表什么。好奇它的用途，故拍摄下来。

晚上 9 时,我们乘坐的飞机稳稳地降落在法兰克福机场,我们五人历时十余天完成了北欧三国自由行,平安归来。

总结一下这次北欧之旅,收获满满,且每日都有意想不到的惊喜。

Part 2

中 篇

Day 1   08 / 31

冰岛(Iceland)

2015年8月31日,期待已久的冰岛行拉开了帷幕!

我们五人分乘两个航空公司的航班从法兰克福飞抵冰岛首都——雷克雅未克。两家航空公司位于法兰克福不同的航站楼,我们仨在一号航站楼,小华、刘幺妹在二号航站楼。我们三人乘坐的航班是20:00从法兰克福飞雷克雅未克,经停丹麦首都哥本哈根,到达时间23:45(冰岛当地时间,与法兰克福时差2小时,与中国时差8小时)。小华、刘幺妹乘坐的航班在22:00时起飞,从法兰克福直飞雷克雅未克。

一路无话不说,1 个小时后,我们的飞机平安降落哥本哈根国际机场。虽然已经是晚上 9 时多了,哥本哈根仍然明月当空,机场地面亮晃晃一片。我们不敢怠慢,因为转机时间只有 45 分钟,而且我们在法兰克福换登机牌时,第二段航程的登机口还没有确定。我下飞机时特地问了一下空姐:"转航班去雷克雅未克在几号登机口?"得到了明确回复。当我们到达新的登机口时,已经开始登机了,又一段航程开启!

23：45，飞机平安抵达冰岛凯夫拉维克国际机场。踏上冰岛的土地，我们好一阵兴奋。但一会儿工夫，事情来了！我们仨，人到了冰岛，行李却没有到。等冰岛航空地勤人员确认了我们的行李票，给每人发了一个黑色的塑料小包时，我们最后一点希望破灭，今晚确定是拿不到行李箱了。好在我还有点先见之明，在去机场的路上，听说韩妹妹的驾驶证公证书放在托运箱里，我斩钉截铁地说："不行，万一行李未到，万一行李遗失怎么办？！"不然的话，大麻烦来了！第二天一早办理接车手续，驾驶员没有公证书，当然接不了车。这里给大家提个醒：但凡乘飞机，贵重物品还有重要文件一定随身携带。我第一次去美国因为转机没有拿到行李，换洗衣服一件没有，搞得要多狼狈有多狼狈。2013年，我们的北欧四国行从斯德哥尔摩经柏林飞法兰克福也是人到了行李未到。

好在机场行李大厅和超市连在一起，虽然是午夜时分，但机场超市灯火通明，看来像我们这样急需购物的旅客不在少数。我们正打算购置洗漱用品，韩妹妹说了句："看看包里有什么？"打开一看，我们笑了，原来包内是一套梳洗用具，还有一件白色纯棉睡衣，甚至还有女性卫生用品，冰岛航空多贴心啊！我们的疲倦和抱怨瞬间消失，这里给冰岛航空点个赞。

我们当晚入住凯夫拉维克机场食宿酒店（Bed and Breakfast Keflavik Airport），该酒店第一大优点是紧靠机场；其二，酒店安排全天24小时接机服务；其三，酒店24小时办理入住手续。我在订酒店时，几乎仅此一家提供这样的服务。现在看来这样的选择是明智之举。给酒店打电话，十分钟后，一辆越野面包车装载着我们五人在黑夜中穿行，灯火璀璨的凯夫拉维克机场在视线里消失，隐隐约约看见前方一处有着微弱灯光的两层楼房，感觉那就是我们即将入住的食宿酒店了。果然，车子稳稳地停在楼前，我们一阵欢呼！

前台有两三个人，应该是专为我们的到来而等待于此。冰岛酒店不需要出示护照，只需报姓名、交费、取房卡，三个动作，一气呵成。进了房间，大家又是一阵欢呼，一里一外两个房间，两张大床、两张小床，可以容纳 6 人入睡，房间带卫生间，没有厨房，这在意料之中。五人一晚含早，房价 234 欧，免费机场接送，早餐从凌晨 4：30 就开始，食品算得上丰盛，应有尽有，真是很值，隆重推荐！在网址 Booking.com 上输入"凯夫拉维克机场食宿酒店"即可。

冰岛第一夜，洗漱完毕，倒头就睡。

Day 2 09/01

凯夫拉维克（Kaflavik）—布伦迪欧斯（Blondous）

清晨6：30，我起床梳洗，然后叫醒众妹妹们。洗漱完毕，下楼食用一顿丰盛的早餐。无须退房，提上行李，酒店车已经按时在大门外等候，载着我们直奔凯夫拉维克机场租车行。

提车方便快捷，交验打印好的租车合同、收费凭证以及驾驶员的相关文件即可。

接下来就是交接车，出门正对着办公室，只见一辆崭新的红色马自达城市越野车停在不远处。哇！比我们租车时网上所见照片还要鲜艳。车程刚过3万公里，属于过了磨合期的好车，我们相视一笑，心中一阵窃喜。交接车更是神速，交车人员指出车后盖下方四个不起眼的小擦刮，

稍作说明,然后交钥匙,走人。刘幺妹发动车开出去转了一圈回来,一切正常,我们上路。

　　还没上路,问题就来了。我们不会用国内带来的GPS!国内网上租的40元/天的Wi-Fi也不好用。我们傻眼了!我急忙请教车行的工作人员。人家倒是很热情帮忙,就是弄不懂中文GPS。刚好看见一对中国夫妇进来提车,我喜出望外迎上前去。刚说要请教怎样使用GPS,那女士却冷冰冰甩了一句:"太复杂了!"拒人于千里之外。天无绝人之路,我才不信这个邪,我们出去边走边想办法。

我们今日的第一个目的地——冰岛蓝湖（Blue Langoon），又称蓝泄湖。蓝湖位于冰岛西南部，距离首都雷克雅未克大约 39 公里，从地图上看，应该离我们所处的凯夫拉维克国际机场不远。蓝湖所在地是地球上地下岩浆活动最为频繁的区域之一，岩浆活动加热了蓝湖，使得水体蒸腾，蓝湖洗浴中心和周边礁湖地区水温平均在 40 ℃，水体有丰富矿物质，如硅和硫，人们一年四季都可以在蓝湖泡温泉，据说可以治疗一些皮肤疾病，如牛皮癣等。蓝湖是冰岛最大的旅游景点之一，几乎是踏上冰岛土地的每一个人必去之地，我们也不例外，便把蓝湖泡浴作为冰岛行的第一项目。

可惜，上路不久，我们就迷失了方向。虽然现在正值 7、8 月冰岛的旅游旺季，但目光所及，几乎只有时不时飞快驶过的车辆，根本见不到人影儿，要想问路，没门儿！前方有个村落，我们决定进村问路。村头一幢大房子，外面偌大的花园，窗户装饰着镶嵌花边的窗帘，我大叫："酒店！"近前一看，正好一位端庄好看的冰岛妇人从屋里出来，原来这儿不是酒店，而是一户人家。女房主热情地接待我们，领我们参观她的房子，与我们拍照留念。末了，驾车带我们出村驶上了正路，指示方向后方才告别离开。我们不由得感叹："美丽的冰岛！善良的冰岛人！"

行驶半小时左右，就看见远方小山那边升腾起的白烟，公路两旁全是大大小小的黑色火山石。啊，那里一定就是闻名遐迩的冰岛蓝湖。循着白烟驶过去，就见 Blue Langoon 的路牌，泊好车，我们直奔温泉洗浴中心。还未抵达中心建筑，眼前便呈现一片蓝色温泉湖，置身于广阔的火山熔岩地域之中。湖面热气弥漫，如烟似雾，仿若仙境。湖底蕴藏着大量的矽，令湖水如其名般终年呈现蓝绿色。神秘的蓝湖，我们五姐妹来了！

　　进了洗浴中心，我们随着蜿蜒的队伍慢慢移动到了售票柜台，人家伸手向我索票，我傻眼了，票，我哪儿来的票？！这儿不是售票处吗？！我有票还来这儿干吗？！后来才弄清楚，原来蓝湖洗浴票需要提前在网上认购，到这儿就是换票。怎么办？工作人员说有两种方式，一是马上在网上购票，不过要等到接近晚上才能进入；二是在大厅等候，等候时间二十分钟至两小时不等。还好，最多两小时，勉强可以接受。

　好在像我们这样没有在网上购票的旅客不在少数，大厅里人声鼎沸。大厅里可买咖啡等饮料，有免费 Wi-Fi，我们上网刷屏各自忙乎着。透过大厅落地窗户，可以直观地欣赏蓝湖里洗浴的人们，也是一道风景。一个小时左右，就轮到我们购票入场了。因为我们仨没有拿到行李，韩妹妹和刘妹妹没有泳衣，只好租泳衣凑合。我呢，鬼使神差地把泳衣放在随身的提包里，算是聪明了一次。每人50 欧，租泳衣加收 5 欧，价格属于可接受范围。人们换了泳衣还需淋浴方可入

湖,这是个保持水质清洁的好方法,值得国内温泉借鉴。

　　沐浴在蓝天白云下的蓝湖中,浸入牛奶般温温暖暖如丝般腻滑的湖水里,这种感觉从未有过,今生难忘。我们嘻嘻哈哈闹着玩着,摆着各种姿势拍照。我平生第一次穿,还是鲜艳夺目的花色泳衣,两个刘美女给我拍了不少照片。当晚我居然发了一组泳装照在微信朋友圈,引起了大小朋友一阵大呼小叫,女儿说:"我爸看了你的泳装照,本来颇有微词,结果仔细看看,不过是裸露了胳膊,就没有再吱声。"

　　兵不恋战,我们今天还要赶300公里路从雷克雅未克到我们的住宿地——布伦迪欧斯(Blonduos)。所以,洗浴不到两个小时,下午3时许,我们依依不舍告别蓝湖,再次踏上征程。不过问题再次出现,驶出蓝湖不久,我们就迷路了。前不挨村后不着店的地方，我们只好拦车问路。原来方向走反了，调头折返而行。过了一会儿又迷路了，只好故伎重演拦车问路，又是南辕北辙，又是调头折返。好在这次驶过不远就看见指示牌——雷克雅未克（49公里）。我松了一口气，到雷克雅未克上1号公路就对了，一直向北往前开。

突然，我们的GPS开始工作了，我们当然是一阵欣喜。一路说说笑笑，大谈蓝湖洗浴的感受心得，此生来过一次，值了！可过了一个多小时，怎么我们还在雷克雅未克地界？我有些疑惑了，又过了半小时，看见雷克雅未克路牌时我敢断定：我们又迷路了！GPS导航一定出了问题！正好来到一个加油站，加油站里冰岛小伙子人挺热情，马上拿出手机开始在Google Map上找路。他一边划拉着手机上的地图，一边说该怎么走。天下女人大多属于路痴一类，我就是其中一位，看起来很清晰，心中完全没有底。我们勉强上路，但我这时已经没有了自信，心里忐忑着……好在冰岛夏日一天24小时，有22~23小时是白天，我倒不担心会天黑行车，也不担心冰岛治安，看这儿人迹稀少，哪儿来强人出没？！

132　画游北欧

车终于驶出了雷克雅未克市，沿着一条弯弯曲曲的道路向前，一边是海湾，一边是低矮的青山。过了大约半小时，已近傍晚6时，我们来到一个岔路口，看路牌，都不是我们熟悉的地方。我们又往前行驶了一段，我突然想：要是我们又走反了方向，或走岔了路，那不是南辕北辙，离我们的住宿地越来越远吗？！太可怕了！我急出了一身冷汗。无奈，我和刘妹妹下车在路旁拦车。一辆又一辆车从身边飞驰而过，却没有一辆停下来。

终于，一辆车远远放慢车速，停在我们面前。车内一对冰岛夫妇，副驾驶坐着笑容可掬的冰岛妇人。当得到她明确且肯定的答复："这是1号公路，沿1号公路一直往前走，大约三个小时可以到达布伦迪欧斯。"我不禁一把抱住她的双肩，眼泪夺眶而出，是喜？是悲？是感动？我们终于找对了路，我们今晚终于可以到达布伦迪欧斯了。

我们的车翻山越岭，穿过长长的海底隧道，一路行进在1号公路上。晚上9时许，我们看到路牌——欧莎村庄（Osar），这儿离布伦迪欧斯还有50多公里。根据我们预定的行程：第二天会经过凯夫拉维克、雷克雅未克、布伦迪欧斯，路上景点：蓝湖洗浴中心（Blue Langoon）—欧莎村庄（Osar）—瓦尔马利兹教堂（Varmahlio）—斯奈山冰盖火山（Snæfellsjökull），当晚入住格拉德玛尔别墅酒店（Gladheimar Cottages）。

　　路旁，不期而遇草地上一群群冰岛矮种马，我们欢呼着下车拍照。很快到了欧莎村庄，全村关门闭户，静悄悄的，人影儿都见不到一个。我们驱车直奔海豹码头，这里是出海观海豹的最佳地点。远远看见海湾蓝色水面上一个个小黑点，刘幺妹大叫："海豹！"大家急忙下车往海边奔去。近前一看，它们哪是海豹，明明是栖息在水面的水鸟！管他三七二十一，大家还是兴致勃勃地在海港东看看、西瞧瞧，用手机、相机不停地拍照。欧莎海滩还有一个奇观，那就是海边黑色沙滩上矗立着一个15米高的巨大玄武奇岩（Hvisterkur），巨石底部被海水侵蚀了三个大洞，远观就像头大象站在海水之中。

按计划我们今日还有两个景点：瓦尔马利兹教堂和斯奈山冰盖，只好作罢了，因为不靠近1号公路，天色已晚我们也不敢贸然离开1号公路。好在冰岛不乏美丽别致的教堂，大大小小的冰盖随处可见。不过，坐落在斯奈山半岛（Snaefellsnes）的教会山瀑布（Kirkjufellsfoss）是一个不容错过的绝佳景点。

终于我们看到了望眼欲穿的指路牌——Blondous（布伦迪欧斯），放眼一看，前方大大小小房舍散布在大片草地上、树林里，我们哪里知道今天的别墅酒店是哪一栋？给酒店打电话，电话一通，我立马提出让酒店派车来接我们。对方很干脆，二话不说就出发，五分钟不到，我们就被来车带着驶往酒店。其实酒店就在前方100米左拐的位置，不过他要在电话里告诉我东西南北，我多半又是一头雾

水。进了大堂,更大的惊喜在等待着我们,我们三个的行李箱整齐排放在前台。我们自然一阵欢呼,终于可以换洗衣服了!交了房钱,179 欧,领了钥匙,我们直奔 17 号别墅。

17 号别墅是掩映在树林边的独立的一层小木屋,三间屋子,六个床位,厨卫齐全。放下东西,韩妹妹、小华、刘幺妹忙着在房前与座驾拍照,我去别墅大堂蹭 Wi-Fi,给女儿、先生发微信,只有刘幺妹在厨房里忙活着,给大家做好吃的。一会儿工夫,白米干饭焖好了,一大锅火锅粉儿加肉菜被端上了桌子。大家再也顾不了平日里的节食减肥、晚间尽量少吃甚至不吃的原则,一阵风卷残云。

晚餐毕，排队洗漱，我第一个弄完，倒头就睡。她们都是夜猫子，不到12点是不睡觉的，只有我每晚最早睡觉，当然第二天早晨，我也是第一个起床的。

Day 3　09 / 02

布伦迪欧斯（Blondous）—阿克雷里（Akureyri）

早餐，泰国大米稀饭配冰岛牛奶和鸡蛋，还有麻辣方便面，各取所需。我们的后勤部长刘妹妹不仅心灵手巧，每天可以用相同的食材做出口味不同的菜肴，而且任劳任怨，每一天都为我们准备丰盛的早餐、晚餐。中午饭基本是在车上解决，面包、饼干、各种水果。我血压偏低，存在犯低血糖的危险，所以，只要有吃的，各位妹妹尽可能先满足我。

饱餐一顿后，收拾东西准备上路。因为每天的住宿点都不同，所以行李一定随身携带上路。临出发前，相互提醒不要忘拿东西是每天的必然步骤，虽然时不时有人找手机线、充电器、牙刷等，最后都失而复得了。这是后话了。

总结昨天的教训：其一，今天彻底抛弃国内带来的GPS，简直"成事不足，败事有余，差点误了大事"；其二，今日全程用手机上 Google Map。昨天虽然同时用了 Google Map，但导航滞后，究其原因是国内租赁的 Wi-Fi 不给力。今日大姐发话，关闭所有人的手机无线网络，只留小华手机上的 Google Map，果然这招有效，从此，Google Map 带着我们一路顺利闯冰岛！

　　这里需要隆重声明一下，昨天在朋友圈发表的游记里谈到找路艰辛而落泪，GPS 用不上，Google Map 因为 Wi-Fi 原因时断时续。一干朋友们读了游记后都在热情支招，有朋友建议在有 Wi-Fi 的情况下，提前把第二天的行程导好下载在手机或者 iPad 上，第二天不需上网也可导航。这招好像行不通，我和小华昨晚试过，可以导航但是不能保存，第二天必须重新导，并且一路上必须有 Wi-Fi 支持才能导航。实践证明最好是把路程分段导航，方能保持导航的准确性。我想大概是因为冰岛地广人稀，有些地段卫星信号不好，特别是有些街道的门牌号不好搜索。

　　使用了 Google Map 导航，小华手中自始至终握着手机和 Wi-Fi，随时给驾驶员口头指路。我也不敢丝毫松懈，只要有路牌就仔细查看，核对路径。这里慎重提醒准备来欧洲自驾的朋友：国内租用的 Wi-Fi 大多不给力，最好是买一个当地手机卡，既包电话费，又包手机上网费。如我在德国包月 10 欧元，电话 400 分钟，手机上网 500 兆，基本是随便用。我想在冰岛买卡包电话费、上网费一定是可以的。

　　今日算是冰岛环岛自驾路程相对最短的一天，从布伦迪欧斯到我们下一个住宿地阿克雷里，共 145 公里，行车时间 1 小时 43 分。今日的景点选择也相对灵活，原计划景点：布伦迪欧斯—阿克雷里。阿克雷里市内景点：大教堂、购物街、海港码头雕塑。附近景点：上帝瀑布（Gooafoss）、米湖（Myvatn）、克拉布拉火山（Krafla Volcano），入住曼基公寓酒店（Munki Apartment），还可与第四日的景点胡萨维克，在那观鲸鱼和善知鸟、游戴堤瀑布等调整互换。所

以,从早餐开始,大家心情都相对轻松。

早晨 8 时许,我们驾驶红色马自达再次上路。现在介绍一下冰岛 1 号公路,1 号公路为环岛公路,顾名思义是环冰岛一周,全长 830 英里(1336 公里)。1 号公路建成于 1974 年,是双向两车道的高等级公路。虽偶有补修痕迹,但总体来说路况尚好,隔不长距离就有一个停车岛。遇有岔路,下 1 号公路,通向其他公路的路牌标志很清楚,既有地址名称,又有公路号和到下一地点的距离。公路号和距离是使用黄白两种颜色标识的,很清楚。

冰岛所有公路名称一律以数字标注，数字越小表示公路路况越好，如1号公路，路况最佳；反之越差，我们走过的939号公路，路况极其差。我们得出的结论就是：宁可绕路也不要下1号公路。1号公路全程限速90公里，第一天我们比较守规矩，后来发现，基本被超车，过往车辆行驶速度应该都在100公里/小时以上，所以，我们在行车较少、路况较好的地段，行驶100~120公里/小时。好像冰岛1号公路全程没有安设电子眼，但愿不是我们的错觉。

今日不需要赶路，我们就最大限度发挥自驾游的优势，行车赏景两不误。首先进入我们视线的就是远处若隐若现的雪山，成都人十年半载难得见到雪花飞，看见冰雪就来劲儿，几次停车拍远处的雪山。我们这一路的业余摄影师小华，为了此次冰岛游专门购置了一台高级微单，原有的单反太沉就没有携带。小华这个业余摄影师十分敬业，一到景点，我们都自顾自地拍照，只有她取好位置角度就招呼各位姐妹拍照。韩妹妹本来也是业余摄影师，嫌单反太沉早就换成了iPhone，不过她准备充分，出门带了两个iPhone、一个自拍杆，算是我们中时髦的一位。

今日一上路，刘妹妹就叫喊要看花，冰岛到处是草地，漫山遍野都是绿油油的青草，花倒是难得一见。一路冰岛自驾游，自始至终没有看见一处农业生产的痕迹，没有蔬菜，没有小麦，没有德国公路两旁常见的葡萄园，只有裹成一个一个圆筒似的东西。不久我们明白过来，原来这些白色或者黑色塑料薄膜包裹的圆筒里，就是在长达8个月的寒冬里冰岛马、牛、羊的食粮。我们不由好奇：长达8个月被冰雪覆盖的冰岛该是什么样儿啊？！冰天雪地，除了滑雪、溜冰，冰岛人这8个月怎么过？！

突然，道路右前方出现一大片绿油油的草地，雪山融化流淌的小溪蜿蜒而过，远处白皑皑的雪山，背景是蓝天白云，美极了！我们停下车，一阵狂拍！先是拍风景，然后拍人像。韩妹妹教大家一张照片同一个人两次入镜。我教大家拍全景照片，因为这样的大屏幕风景，单张相片很难展现美景。幸运的是我和韩妹妹合作的全景两次人像照片拍摄成功。我们不仅在草地上拍，而且在公路上拍（一是因为公路上车少，当然也是需要有人打望来往车辆的），这样的情景恐怕也只有在冰岛才能有。后来，全景两次人像照片发到微信朋友圈，确实引起一阵点赞潮，也引起了不少朋友的好奇心，我们笑称，只有前来当面请教的才传授机密。

就这样走走停停，突然左前方青山下出现一汪宝石蓝的湖水和一片色彩鲜艳的虞美人花。正在驾车的刘幺妹一边找地方停车，一边说自己一定要满足一下本家姐姐的愿望——冰岛看花！啊！太美了！美极了！大家一阵狂拍后，我们的摄影师小华又用微单给每人拍了与花拥抱的照片。我在微信朋友圈发了一组蓝天白云、青山绿草、蓝盈盈的湖水、金灿灿的虞美人花的美照，引来无数点赞。刘妹妹当然是喜不自禁地陶醉，过后几日还时不时问刘幺妹："你怎么看到这片花海的？"我们的两个美女驾驶员，不仅驾车技术超强，而且眼观六路、耳听八方，驾车的同时还附带为众姐妹寻找风景。

原定1小时43分的车程，我们开了3个多小时，临近中午时分我们来到了冰岛第二大城市阿克雷里（Akureyri），也是我们今日的驻地。阿克雷里位于冰岛北部，为冰岛第二大城市，号称冰岛的"北方之都"，建市于1786年。阿克雷里背倚雪山，面临碧湖，风景秀丽，被人们称作冰岛北部的"雅典"。阿克雷甲的夜半太阳可谓当地的一大奇景，每年的六七月份，这里几乎终日可见太阳。阿克雷里市的人口只有1.5万，但全市的建筑面积却很大，约相当于一座有一二十万人口的中等城市。阿克雷里是有百年历史的港口，建于19世纪末。由于海湾伸入内陆，加上两岸陡壁的屏障和得天独厚的优越条件，使阿克雷里港成为一个风平浪静终年不结冰的天然港湾。

刚到阿克雷里，导航就指示不出我们酒店的地址了，我只好下车问路。问了几个，似乎都不知道我们的酒店，只清楚酒店所处的大概区域。我有些疑惑了，不知道酒店可以理解，不知道街道就说明酒店所在街道不在大街上，只在小巷里，不好找。等我找路未果返回车内时，小华已经接通了Google Map，找到了通往酒店的路径，离这儿有5分钟车程。我们顺着街道往山坡上驶去，转了几个弯旋即看到我们要寻找的32号别墅。这儿的房子全是依山势而建，我们预订的酒店曼基公寓（Munki Apartment）是一幢二层小楼。

　　正在左看右看,街对面车上下来一个年轻人,30来岁的样子,一问方知他就是房主(或房子管理员),不过他说下午两点后方能入住。我说我们先进去放行李,然后就出去。打开门,啊!过道连通一个十平方米的中厅,沿着中厅从右边依次为洗浴房、洗衣房(很大,十几平方米,有洗衣机、烘干机等)、客厅、两个卧室,然后是厨房(很大,应该有十平方米)一晚房费240欧元,太值了!进了屋子,我们就在客厅连上 Wi-Fi,迫不及待上网,把上午一路上拍的全景图、灿烂的鲜花图发出去。那人见我们没有离开的意思,也不勉强我们,就把床上的被褥拆换了,地面用吸尘器吸了。告知我第二天把门锁上,把钥匙放在门上信箱里即可,走人。厨房是干净的,刘妹妹已经在忙活我们的午餐了。

午餐后，我们决定调整一下行程，把明天要去的胡萨维克（Husavik）调到今日，因为如果我们要出海观鲸，就需要第二天一早去胡萨维克，今日既然时间尚早，我们不如先开车去胡萨维克踩点。胡萨维克是冰岛最北端的城镇，距离阿克雷里东北48公里，临近斯乔尔万迪湾，人口不多，仅2000多人，但设有机场，可飞雷克雅未克、格陵兰岛。我们这次最大的遗憾就是没有飞格陵兰岛的计划，当然也为下一次冰岛行埋下了伏笔。到胡萨维克最重要的活动就是去北冰洋观鲸以及游览岛屿。1995年，冰岛首次观鲸游览就是从这里开始的。这里的鲸鱼种类丰富，最常见的有座头鲸、小须鲸、白色突吻海豚、鼠海豚等。

　　我们驱车大约两个小时来到胡萨维克，因为沿途风景实在太美，我们不时下车观光拍照。出了阿克雷里市，驶上几乎与海面齐平的跨海大桥，来到海湾对面的观景台，阿克雷里市区和海湾景象一览无余，我们又拍了很多全景照片。行车路旁，蓝色的海湾，蓝色的海水，绿色草坪中散落着一幢幢红顶白墙的农舍，简直就是一幅幅美丽的风景油画！

　　到了胡萨维克，先进入视线的就是那幢我们在书上看了很多遍的绿色小教堂（有人称之为"冰岛最漂亮教堂"）。我们走出教堂，跨过公路，一直沿木梯往下走，径直来到海港边。海港就在市中心，过去这里捕鱼繁忙，但是现在更多的是为观赏鲸鱼提供方便。海港旁是一排错落有致、五彩斑斓的房子，咖啡馆、纪念品商店、信息中心等一应俱全。海港飘扬着一面面观鲸彩旗，一艘艘观鲸游轮停泊在岸边。我们在胡萨维克最著名的咖啡店落座，一边品咖啡赏美景，一边聊天刷微信。

旁边桌坐了一群从德国来旅游的老头、老太太，我急忙拿了旅游图去请教附近景点。今天本打算去冰岛第二大瀑布戴提瀑布（Dettifoss），结果我的念头被那位德国老太太一句话堵了回去，今日根本不可能去，需要两个多钟头才能到。那时已经是下午5点多了，我们还要回到阿克雷里住宿。我说，那么我们今天去上帝瀑布（Gooafoss）行不行？她说，也不行。她还说如果我们明天要去这两个瀑布时间肯定来不及。听了她的话，我有些沮丧。后来的事实表明，路人的话不能不听，也不能全信。

胡萨维克海港瞬间起雾了，我们赶忙驱车返回阿克雷里。驶出胡萨维克不足10分钟，云开雾散，我们随即改变主意，决定驾车去上帝瀑布，"Gooafoss"音译为格亚弗斯瀑布，意译为上帝瀑布。该瀑布是位于冰岛北部美丽的米湖附近

的一个迷人的瀑布，刚才在胡萨维克港口咖啡店遇见的那群德国游人称它为"冰岛最美瀑布"。瀑布位于斯卡尔凡达弗约特河（Skjálfandafljót）上，发源于瓦丁纳耶卡尔冰川，并向格陵兰海流去。

有一个关于上帝瀑布的传说不知是真是假。公元1000年，冰岛的最高长官——"议长"——在辛格维利尔的"阿尔庭议会"上，正式宣布冰岛皈依基督教。在维京时代，这个决定充满争议，为了表明他的决心，一个清朗月夜，他来到这个瀑布前，将之前信仰的北欧诸神像投入冰冷的水中，从此以后，这个瀑布便被称作"上帝瀑布"。然而现实中，神却没有显灵，二战中，一艘和瀑布同名的冰岛船"Godafoss"，载着辎重和乘客被德军的U型潜艇击沉，导致重大伤亡。

车行不到一个小时，我们来到了上帝瀑布。不知道是否与被赋予了宗教含义有关，当我来到瀑布跟前时，便被它的独特气质所吸引。冰川融水的洪流被中央突兀的岩石一分为二，从几十米高的落差倾泻而下，发出震耳欲聋的响声。夕阳金色的余晖下，水量充沛的斯卡尔凡达费约特河（Skjálfandafljót），化身成神的瀑布，一路奔向格陵兰海。宗教纷争早已与它无关，这里没有对抗，没有战争，只有一片宽容、祥和，透明而清澈，神圣而壮观！单反、手机……人类没有任何器材可以记录下它的美丽与壮观。上帝瀑布来自上帝，归于上帝！

观看上帝瀑布的最佳点是矗立在悬崖绝壁上一块大约 10 平方米的岩石上，我早就见过有人在绝壁上拍的照片，那叫"惊心动魄"，我当时看着都觉得可怕，结果到了这儿，果然有人站在上方拍照，我们也没犹豫了。

回到阿克雷里我们的曼基公寓，已经是晚上九、十点钟了。一天的旅途虽然结束了，但我们的兴致丝毫未减。大家感叹最多的就是：上帝瀑布太壮观了、太美丽了！今日得见上帝瀑布太值得了！我在微信朋友圈留下了一句"今生不来冰岛是一大遗憾，不来上帝瀑布就是遗憾中的遗憾"。朋友们留言："只能终生遗憾了又遗憾！"

Day 4　09/03

阿克雷里（Rkureyri）—赛济斯菲厄泽
（Seyoisfjour）

　　如果说在冰岛自驾上路的第一天是有喜有忧，有欢乐也有泪水；第二天就是一路欢声一路歌，一路阳光一路行，全天车内车外都充满着我们的欢呼声、惊呼声。如果说冰岛上路的第一天是"山重水复疑无路"，第二天绝对称得上是"柳暗花明又一村"！

　　早晨8点左右，我们收拾行装出发，奔赴今日第一个景点米湖（Myvatn）。刚驶过对岸的观景台，不经意间突然大雾弥漫，能见度骤然间降到50米、30米、20米，车速一下子由90公里/小时降到了50公里/小时、20公里/小时。再往前开，能见度不足10米。大家倒也没有意识到有什么危险性，只顾着谈笑。韩妹妹正在驾车，她让我来个微信朋友圈现场直播。冰岛的雾很奇怪，来无影去无踪。刚才漫天大雾瞬间又没了，再过一会儿，前方又是大雾弥漫。我们的车在大雾里进进出出，不过，大家兴致未减，完全没有觉得有多大的危险。我坐在副驾驶位，心中很平静。这点坨坨雾算什么？！何况是在1号公路，一点也不危险。一旁倚山，是大片青草地，一旁傍水，但是海水离路面尚有一些距离，大片草地斜坡时不时点缀着红顶白墙的农舍，眼前呈现的分明就是一幅幅风景油画……

不知不觉中，车轮已经碾过了 40 多公里路面，来到了分路口。Google Map 指示离开 1 号公路，转 43 号公路，行 29 公里就到达米湖。43 号公路，路况也挺好，几乎不亚于 1 号公路。不大工夫，Google Map 就把我们带到了一个大湖湖畔，显示米湖到了。望着眼前的湖水，四周静悄悄的，没有房子，没有任何建筑，最重要的是没有人，只有一辆越野车和房车静静地停在湖畔，大约他们的主人还在梦乡里。我们有些疑惑了，这是冰岛第五大湖——米湖吗？！米湖温泉在哪里啊？再看远方，湖的对岸似乎有白色烟雾在空中升腾，烟雾下隐约有一些建筑物。我们决定朝着那个方向，沿湖往前走过去看看那儿是不是我们要找的米湖温泉。

154　画游北欧

　　问路,驱车向前没多远,我们终于见到了米湖温泉。米湖温泉不显山不露水,也不需等候,直接购票入内,每人 28 欧元,价钱比蓝湖低得多。进入室内,换衣,盥洗,浸入湖水里。哇,湖水好热啊!湖面比蓝湖宽阔,湖水感觉比蓝湖更滑腻,不过洗浴的人比蓝湖少了很多。米湖温泉分为两个大区域,湖水深浅不一,水温也有一些差别,可供洗浴人选择。我们也不像在蓝湖洗浴那般兴奋,大家安静地泡澡,轻声地说话,静静地享受温泉带来的舒适……中午 12 时,我们泡澡完毕,上车用餐,车子驶出米湖温泉。

　　驶出几百米,一个蓝白色天然湖立即展现在眼前。我们驱车前往湖畔,下车用手试了一下水温,哇!居然是温泉!仔细看看,湖畔一侧,湖水喷涌而出,声音洪大,热气升腾……我们五人像五个小姑娘般兴奋地跑来跑去,拍照,拍视频,叫着,喊着……这辈子哪儿见过这样的情景:裸露在大自然中的湖,蓝蓝的天上白云飘,白云下面温泉涌,升腾的水雾,巨大的响声……

向着新的目标克拉夫拉火山（Krafla Volcano）前进！我们的车驶离这片蓝色温泉湖，爬上湖畔旁小山，就看见下面很多人散落在一大片开阔的平地上。原来地热、火山口离我们如此之近！刚才山那边还不见一个人影儿，这边山脚下，却是人声鼎沸，仿佛所有来冰岛旅游的人都聚集到这儿来了。偌大的一片开阔地散布着一处处地热喷发点，巨大的热气在空中升腾，近前用手试试，热气烤人，煮鸡蛋、烤红薯应该没有问题。地面上一处处滚烫的泥浆，像沸腾的水上下翻腾，发出巨大的响声和热气。我们感叹、欢呼、拍照、东摸摸西瞧瞧，很快融入兴奋的人群中去。

再往后，我们驱车前行，驶过地热发电厂的厂房，爬上另一座山顶，泊车，徒步，再登山。蓝色的维缇火山口湖（Viti），大片黑色的火山石，克拉夫拉火山，我们来啦！远处皑皑的雪山与近处黢黑的火山口遥遥相望！站在山头远眺，东山坡下，一簇黝黑的嶙峋怪石，有的状如尖塔，有的状如城堡，簇拥在一个狭长的谷底周围，远远望去，火山口犹如一座雄伟的黑色城堡，这是冰岛米湖风景区的一大奇观，也是自然界的一个奇观。过去说大自然的奇迹是人类的巧夺天工，仿佛一切都是人类的杰作。现在我才明白，在大自然面前，人是多么渺小！只有我们的造物主才能造出这样的奇观！人类在神奇的大自然面前只能是深深地折服！

我们又马不停蹄踏上征程,下一目标是黛提瀑布(Dettifoss)。返回1号公路,往东向前行40多公里,拐上500多号公路(具体数字不太记得清楚了),我们开始见识冰岛的高数字公路的路况了。这个500多号公路,全是石子路。冰岛的石子路不是我们国内常见的鹅卵石路,而是那种不规则的岩石碎片路,车行驶在路上,岩石碎片弹起打在车上,发出一阵"嘡嘡嘡"的声音。40多公里这样的路,我们开了1个小时,来回就是两个小时。后来看了一下车,车上已经有一些大大小小石子打掉车漆的痕迹了。好在我们的车是全保险,这里也给要来冰岛自驾游的朋友提个醒,要保的险一个也不能少,最好是全保。

Tour & Paint Northern Europe 159

早就听说，黛提瀑布水量很大，只要听水声就可以找到瀑布所在地。想想也是，当河流经过荒凉地区，强大的水流裹挟着泥沙，流过44米断崖，其气势也真是惊天动地了。我们停了车一路寻水声找过去，远远看见黛提瀑布坐落在两山之间的峡谷上。河水从远处100多米的开阔地铺天盖地奔涌而来，再从齐刷刷的断崖直泻而下，44米的落差，发出震耳欲聋的巨大响声。回想起昨天在胡萨维克遇见的那个德国老太太所说：上帝瀑布最美，黛提瀑布最大。有点道理！我们不敢在此久留，今日的住宿地赛济斯菲厄泽是冰岛最东部地区的一个小镇，离此地还很远。

这时已是下午 5 点，我们从早晨开始，一直沉浸在巨大的兴奋之中，恍然不知冰岛自驾最大的挑战、也可以说最大的危险正在前方等着我们。我们离开黛提瀑布，返回 1 号公路，沿 1 号公路往东行，一路顺利，一路谈笑风生。大约两个小时后，我们驶下 1 号公路，进入 92 号公路，进而转入 93 号公路，一路往山上奔去。开始看见山上的积雪，我们自然兴奋不已，频频下车拍照。随着车轮的滚动，海拔越来越高，路旁的积雪越来越多，风越来越大，温度越来越低，出了车，人都站不住了，风刮在脸上像刀子割一般。不过，我们仍然很兴奋。我甚至给众妹妹讲，前几天拍的雪山照全部删掉，来拍张与雪山亲密接触的近景照！

再往前，道路一边是山坡，一边是大海延伸进陆地的峡湾。人们都说挪威的峡湾美，我也亲身领略过挪威最美峡湾的美景。但到了冰岛，我觉得冰岛的峡湾

同样美不胜收。只不过这里不似挪威峡湾的柔美，而是透着原始的苍莽之美。车道沿着海岸线铺设，一边是寸草不生的火山岩石，沙石从高高的山体滑落，贴着公路形成一道美丽的弧线。另一边是支离破碎的海岸线，大地在这里就好像一块被随意掰开的面饼，任凭海浪拍打。公路依照原先的地形修建，上山车头直冲天空，下坡犹如坐过山车。面向大海时仿佛就会冲进海里，拐弯时又好像山穷水尽。

我们的车行进在山脊上，峡湾水面上开始出现浮冰，浮冰越来越多。哇！水面被大块大块的浮冰覆盖！是不是冰河湖到了？！我们原计划在南部瓦特纳冰原才能与冰河湖相会，结果今天就与之见面了。我们顾不得寒冷雪风，大家齐扑扑地全都下了车，对着冰河湖一阵乱拍。今晚的微信朋友圈一定被我们几位的小视频、全景照刷屏了！都说冰岛是冰与火的国度，今日不足12小时，我们从米湖泡上40摄氏度的温泉开始，经历火山口、地热喷发点，一路来到这零下几十摄氏度的冰河湖，充分地领略了冰与火世界带给我们的冲击。

刚过冰河湖，突然间大雾弥漫，顷刻间整个场景从眼前消失了，路面能见度不足 10 米。一边是海水，一边是什么，不得而知。我简直吓傻了，但是一点也不敢吱声。好在驾驶员刘幺妹双眼直视前方，腰板挺直，双手稳稳地驾驶着方向盘，仿佛身经百战的将军，一丝慌张都没有。回家后我数次跟严先生谈到这个情景，他好像一点也不在意，说："重庆既是山城，又是雾都，重庆人在山路在雾里开车，那就是他们的特长甚至爱好。"说得多轻松！事后刘幺妹说起当时的情形，仍然感叹当时紧张得要命！害怕得要命！毕竟冰岛不同于重庆，冰岛从来没有来过，路况一点也不熟，车辆两侧什么都看不见，路面与水平面齐平……

我们战战兢兢、如履薄冰般驶过了大雾弥漫的山脊，终于开始下山，云开了，雾散了，山下的村庄清晰可见。我大出了一口长气，终于平安抵达目的地了！我们终于来到了冰岛最东端的最美小镇赛济斯菲厄泽小镇，这里有着一排排倒映在湖中的五彩别墅！这里有着全世界唯一的全蓝色教堂！这里将是我有生之年永远铭记并魂牵梦绕的地方！我们今日入住的酒店就坐落在海边。面朝大海，背依青山，山坡上开满了黄色的野花……

惊险刺激的一天过去了！冰岛冰与火交替的一天过去了！冰岛，绝对是一个来了就终生难忘的地方！赛济斯菲厄泽也是一个令人魂牵梦绕的美丽村庄！

Day 5   09 / 04

赛济斯菲厄泽(Sizheshfei)—迪尤皮沃厄尔(Djupivogur)

今日是我们五姐妹踏上冰岛土地第五日、自驾上路的第四日,时间过半,行程过半。在冰岛的每一天,都是精彩纷呈、惊喜不断、心情跌宕起伏的一天。每一天清晨上路,心中都充满无限期待,但不知道当天在路上会遇到什么突发情况。这是不是也像人生,既有充满期待的未来,也有不可预知的明天。

又要上路了,昨晚车过山脊的险情仍然历历在目。从昨晚到今晨我心里一直忐忑不安,希望今日是个好天气,不仅仅是为了看风景,更重要的是为了驾车安全。

今日原本安排的景点:逛最美小镇赛济斯菲厄泽,那儿的五彩小屋、蓝色教堂、海港、渔人码头……一直在我的脑中浮现。之前做攻略时,想得很美:开车逛北峡湾,过 Holmatiour 山脉,顺带路过默兹勒达勒农场,考察一下冰岛古老而现代的农业生产,据说这里还有点社会主义新农庄的样子,很期待。之前我对今日的安排一直颇有一些得意,这一日是怀着无限期许的浪漫之旅!尤其是开车走峡湾看风景，两年以来一直是我的期待。

　　两年前我和韩妹妹、刘妹妹自由行去了挪威卑尔根最美峡湾，那次是乘船看峡湾。当游轮航行在峡湾水面上时，峡湾海畔时不时出现一个个村落，青山绿水、红瓦白墙，美得就像一幅幅多彩的油画！当时我就在想：有一天一定要开车，沿峡湾自驾游，慢慢欣赏北欧村落的风景，品味峡湾人的慢生活。这一天终于来到了，但是天气却不遂人愿。

今日起床，凭窗远眺，乌云笼罩着整个天空，海面上雾蒙蒙一片，雨滴滴答答下个不停。计划赶不上变化，原先的景点安排大多只好放弃。不过，就算下雨，就算坐在车内，最美小镇也得逛逛。我们上路一拐弯就到了十字路口，往前就是小镇中心。小镇一边临海，镇上房屋虽不足百间，但是赛济斯菲厄泽港却是冰岛重要的货运海港，中国厦门、上海等都有直航两地的货轮。这里又被称为"挪威村"，因为这些五彩房屋的木材当初全是从挪威运来的，木屋一直以来得到了很好的保护。

小镇建筑绕湖一周（说是湖不太准确，其实就是海水灌进陆地后形成的一个面积不大的水域，姑且称之为"湖"），四周的房屋五颜六色，全是一两层的小别墅。我不顾下雨，下车沿小镇转了半圈，拍了一些红黄蓝绿的小房子，感觉这就是安徒生童话或者格林童话故事里描述的那些可爱的小房屋，美丽而神秘。会不会有王子、公主抑或小精灵从房子里出来……我幻想着。

啊！前面就是那幢被作家深度描绘的冰岛最美小镇的最美蓝色教堂！魂断蓝桥、蓝色多瑙河……给人带来的感觉就是爱情、浪漫、遐想……眼前雨中的蓝色教堂，庄严、肃穆、静谧、神圣……我轻轻推门进了教堂，教堂小小的，大约只能容纳几十个人，橘黄色的灯光下一个男子正在讲话，落座的人静静地听着。我想这应该不是在做礼拜，因为那讲话的男子分明不是牧师。今日是周二，是不是在进行小组团契呢？不得而知。我静静地站立祈祷：万能的主啊，请你赐福给我们五姐妹，保佑我们的冰岛行圆满成功！保佑我们今天路上一切顺利！

出了教堂，刘幺妹开车接上我准备上路。

下山后，我们经过赛济斯菲厄泽小镇所在的省会城市埃伊尔斯塔济（Egilsstadir），这座建于1947年的内陆城市居然还拥有一个国际机场。据介绍，这儿可以游湖，拉加湖（Lagarfljot）是冰岛第三大湖，湖长30多公里，水深50米，传说水中有怪兽，叫拉加蛇。想想都刺激，但是时不我待，游湖之旅只好作罢。

虽然没有时间游拉加湖，但既然路过，我们也不会放弃参观一下这座城市的机会。车子在城边绕了一圈，我们突然看见路旁的超市。我们的食材还是来冰岛那天在雷克雅未克买了一次，今天也该补充一下了。于是我们停车，准备逛超市。还未进超市就看见一家服装店，女人总是无法抵抗服装店的诱惑，大家不由自主地迈了进去。在这个地图上绝对找不到的商店里，我们收获颇丰。我给自己买了一件夹克皮衣，给女儿买了一条裙子、一个皮挎包，东西真是很便宜，就那件皮衣，国内类似的就要四五千。刘妹妹更是大买特买，她买了三双鞋、一个背包，还有几件衣服。只要逛商场，刘妹妹就来劲儿，她绝对是大买家！

过了省会城市，拐上1号公路，我们又开始悠闲自得地边行车边赏风景了。一路上爬坡上坎，穿山越岭。不过，冰岛1号公路从西到北再到东部、南部，我基本没有看见什么大山，这里所谓的山在四川也就最多算个坡，哪有青城山、峨眉山那样的巍峨群山。车窗外不时闪现山上的积雪、几十个大大小小从山顶倾泻而下的瀑布，有的似小蛇蜿蜒

而下，有的像丝线垂直而降，当然也有幅宽几米的瀑布。但与我们前两天所见的上帝瀑布、黛提瀑布相比，连小巫见大巫都说不上，我们早已经见惯不惊了。不过，这种瀑布倒使我的脑海里不时闪现两年前的情形：从奥斯陆乘火车去卑尔根，沿途见到很多类似这般大大小小的瀑布。

坐在副驾位，饱览车窗外的胜景，品味着闲适的惬意，心情也清新自然起来，昨晚、今晨的危险仿佛已经离我们远去。不料，又出状况了！走到一个岔路口，Google Map 指示不清，车拐上右道，好像不对，退回来往前行，也不对。我下车看了路牌，比对手中的冰岛地图，我们的目的地应该是从 1 号公路拐到 939 号公路，再上 1 号公路。于是我们就上了 939 号公路，这时的我完全忘记了

"冰岛公路数字越大路况越差"的至理名言了。后来再研究地图，如果我们仍然行驶在 1 号公路，是有点绕路，但是与我们在 939 号公路上的危险与颠簸相比，那还是小华说得好："以后有人来冰岛，一定要告诉他，宁可绕路也不要下 1 号公路！"

上了 939 号公路，雨已经基本停了。但由于路况很差，路面坑坑洼洼，车子跳舞般前行，溅起的稀泥糊满了车窗，我这边已经完全看不到车窗外的风景了。而且，这儿的路就是上坡时车头翘起冲天，下坡时车头直立朝地，车在坡顶时人在车内根本看不见下边的路面。好在韩妹妹是曾经一天开十几小时去九寨沟，什么险路、烂路都见过的驾车好手。这样的路段虽然艰险，但应该不在话下，我并没有太紧张。

开着开着，韩妹妹说，路边怎么白晃晃的，是不是暗冰？！我不清楚，也没吱声。突然，车子滑向路边，随即又弯了回来。后排小华惊呼起来，车子打滑了！好在韩妹妹反应灵敏，手脚麻利，一下子拐了回来，太险了！万一冲下道去，今天就惨了！好在有惊无险，韩妹妹化险为夷！有幸的是，此时公路两旁全是草地，万一车滑下去了，也最多就是给保险公司打电话来拖车，反正买了保险的，不过就是耽误时间嘛。

据介绍，冰岛保险公司出险很及时，一般半小时至一个小时就可到达现场。好在不是昨晚、今晨的那个路段，如果那时车子打滑出去，人掉到海里就救不起来了！虽然此刻的我一脸镇静，但我的脑子里飞快地转动着一个又一个念头。我是冰岛行的倡议者，虽然没有人要求我全权负责，但我随时随地都感觉得到身上的担子有多重！

不久，我们就到了一处峡湾，939号公路对接1号公路，直奔目的地迪尤皮沃厄尔（Djupivogue），大约十分钟，看见右边一处村落，路牌指示目的地到了。迪尤皮沃厄尔是冰岛东部最古老的港口。除了当地人在大移民时代来到此，爱尔兰僧侣和隐士登上附近的帕佩岛（Paley）后，也来到这个港口。16世纪，部分德国人也来到这里做生意。小镇面积不大，人口只有450人。我们今晚的巴尔内斯旅社在小镇哪里？小华赶忙上网搜索旅社名称。糟了，还有39分钟路程。打死我都不相信，只有这么几幢房子的小地方，居然到酒店要39分钟？！

我把头伸出车窗到处打量了一番,远近前后空无一人,只得下车,敲门问路。突然看见一个身影站在一幢房后,我连跑带喊立即冲了上去,他看了我递上的酒店名,指着峡湾对面很远的地方说,酒店在对面很远的地方,还有 40 多公里,大约需要 30 分钟。我想,这不是跟 Google Map 刚才说的差不多吗?!我还是不相信,他把我带到他家,递给我望远镜看峡湾对面,我死乞白赖请他开车给我们带路,他开始不同意,后来终于点头了。

好心的冰岛大叔开车把我们带上1号公路，往我们刚才来的那条路走。喔，我终于明白了！我们刚才从939号公路并到1号公路时，不是看见有左右两条路嘛。原来我们的酒店虽然属于迪尤皮沃厄尔，但是不在峡湾这旁的小村庄里，而是在峡湾对面那片宽阔的草地上。由此，我们又得到一条教训，在导航系统里输入目的地时，不能仅仅输入酒店所在地，还应该把酒店名称输出来看看，是不是在同一个地方。果不其然，第二天我们就吸取了这个教训，没有犯同样的错误。我们告别冰岛大叔，一直沿着峡湾往前走。峡湾畔，不足十幢房子散落在一大片草地上，红瓦白墙，那就是我们今晚下榻的巴尔内斯旅社！太爽了，我们的别墅面朝大海，春暖花开！

吃过晚饭才下午5点过，虽然天空还飘着小雨，我们已经在房里待不住了，准备外出游逛。我们别墅前有一大块绿地被围栏拦着，中间有一幢矮房子，房前立着十字架，原来这儿是墓地，十来个墓碑前有的摆放着鲜花，想来这儿可能就是旅社房主家族的墓地。欧洲各地走得多了，见的墓地也多了，牛津大学有一块墓地就在城中心，人们每天都要从墓地经过。如果在中国，旅社客房门前就是墓园，大约没有客人愿意住。我想这大约也缘于东西方人对待生死的态度不同，很少看见西方人在亲友葬礼上悲痛欲绝的情形。

别墅左前方，一片不大的小树林旁，一个帐篷搭在草地上，旁边停着两辆摩托车。我们猜测着，大约是一对情侣骑摩托游冰岛。今天我们在路上，时不时都会碰到冒着小雨骑摩托的人。路上我们也看见为数不多几个人，站在路旁竖起大拇指，大约是搭顺路车的人。我们的车被塞得满满的，不过，就算有空位，我们也不敢搭乘他们，毕竟"害人之心不可有，防人之心不可无"的认识在我们心里根深蒂固。

我一个人往海边走去，看着海浪拍打着岸边的礁石，泛起一阵阵白色泡沫，发出"啪——啪——"的响声。天色灰灰的，海水也是灰灰的。要是此刻蓝天白云、夕阳西下，该多好啊！我心里想着。其实，旅游也像人生，如果一辈子一帆风顺，没有跌宕起伏，没有逆境低潮，那多没意思！所以，出门旅游，蓝天有蓝天的美丽，雨天也有雨天的味道。

细雨又开始飞扬起来，妹妹们在远处招呼我回房休息了。天色尚早，我到旅社前台兼咖啡酒吧区用免费 Wi-Fi 给女儿、先生通信息，把照片发布到网上。酒吧间，一对对情侣、朋友、家人在喝着什么，说着笑着……我回房准备叫众妹妹出来喝点什么，不料，韩妹妹、刘妹妹已经就寝，小华、刘幺妹也懒得外出了。我心想，出门旅游，除了看热闹观风景，坐酒吧喝咖啡也是旅游的一部分。老外们的夜生活才刚刚开始，我们这群远道而来的东方人却已经进入了梦乡，不觉心里涌起一丝怅然若失的感觉。

好吧，大家都累了，歇息吧！我很快进入梦乡。

Day 6　09 / 05

迪尤皮沃厄尔（Djupivogur）—韦斯特曼纳埃亚尔（Vestmannaeyjar）

吸取昨日找路的教训：地名和酒店相距几十公里，导致我们多开了近40分钟的车，也给找路带来了麻烦。今日我们先在Google Map上输入酒店——韦斯特曼埃亚尔公寓（Vestmannaeyjar Apartment）。

单看这个地名，韦斯特曼纳埃亚尔就是密密麻麻一长串文字，读起来简直拗口得很，括号里的地名以及酒店名，其实不是冰岛语，在冰岛语里ae是一个字母，英语键盘打不出来，就变成了两个字母。怪不得我们的打印机就是打不出这个地名，没有地名，在Google Map上就无法输入目的地。好在我们昨天提前想到了这一点，在赛济斯菲厄泽的德玛尔酒店，让那个酒店老板帮我们打电话落实了一下，然后把这个地名手写在纸上。除此之外，他很耐心地给我解释了这个冰岛字母对应的英语字母，不然的话今天找路又惨了。

Google Map 很管用，居然一输入这个怪地名，结果很快就出来：路程390多公里，行程指示需要6个小时方能够到达。我疑惑了，按冰岛限速每小时90

公里,开过去也就 4 个多小时,怎么会需要 6 个小时呢?!小华接着又补了一句:"要坐船喔!"我傻眼了。怎么会订了一个需要乘船前往的酒店呢?

记忆拉回到六月初国内订酒店时的情形:我们本来想订维克小镇的酒店,结果小镇客满,只好退而求其次,发现这个酒店离维克小镇的距离最近,只有 30 多公里。而且,这个酒店所在地就在冰岛地图最南端临海的一个小小的突出点上,心想,说不定是一间海景房,早晚观海景,岂不乐哉?!压根没想到酒店在一个海岛上,我们需要坐海轮才能到达海岛。更不会想到这个海岛与大陆的间隔

小到地图上根本标不出来。突然看见手中地图上这个地点还画了一个飞机,嗯,这儿还有飞机场,看来不是一般的地方。管他的,我们这一路上都是逢山开路,遇河(海)搭桥,车到海边必有路,有路就有五姐妹!

上路,我们直奔今日的第一个目的地——瓦特纳冰原(Vatnajökull)看冰河湖。瓦特纳冰原是冰岛最大的冰川,位于冰岛东南方,面积为8100平方千米,是欧洲体积最大与面积第二大的冰川,覆盖了冰岛8%的国土面积,其冰层平均厚度为400米,最厚处达千米。冰岛最高的山峰,高达2110米的华纳达尔斯赫努克火山,正是位于瓦特纳冰原的南方。瓦特纳冰原上有着数个火山,其火山湖是冰川融化移动的主要原因。瓦特纳冰原在近年开始融化,这可能与气候变更和火山活动有关。我们今天要去的就是位于瓦特纳冰原最南边、离1号公路最近的杰古沙龙湖(Jokulsarlon)。

我们沿着1号公路行进,车窗左边是蔚蓝色的大海,右边是连绵不断的小山,山下是大片绿油油的草地,草地上零星分散着村落和房舍。可以毫不夸张地说,随手拍一张照片都是风景画,都可以作为冰岛的明信片。在冰岛的每一天都有意外的发现,意外的惊喜带给我们绵绵不断的希望与乐趣。这时,海边几只白色的天鹅映入眼帘,驾车的刘幺妹迫不及待寻找停车点,停好车后,大家急忙下车拍照。我们驾车再向前,几十只天鹅,几百只天鹅,几千只天鹅,海面上竟出现数不清的天鹅。不远处有一片沙滩,正好停车,我们岂会放过这个机会,

众姐妹一起来到海滩，对着天鹅一阵拍照。当然，展现美景的最佳方式当属拍小视频，现在众妹妹们都已经娴熟地拍发小视频了。

刘幺妹说："前几天看见四姐法兰克福的家旁边公园的天鹅湖里有四只天鹅，大家就高兴成那个样子了！想不到今天会看见数也数不清的天鹅！"我说："我们那里是人工喂养的，这儿是纯天然的，这才是真正的天鹅湖。"刘幺妹接着说道："这不叫'天鹅湖'，应该叫'天鹅海'，不对！是'天鹅岛'，似乎也不确切，姑且称之为'天鹅湾'吧！"偌大一个"天鹅湾"只有我们五姐妹的身影，不是五仙女下凡，是五仙女游仙境，到了王母娘娘的瑶池仙境了！

路过霍芬小镇（也翻译为赫本，Hofn），我们原先预订过这儿的酒店，因为房价太高（一晚5人，420欧元），放弃了。今天我们还是要进去转一圈，看看霍芬小镇是何方胜地？小镇不大，驾车转一圈不过十来分钟，我们时不时刹一脚，停下车来，在海港和人家别墅庭院前拍照。街上没人，也没有车，庭院静悄悄的。此时还不到10点，人家都是晚上夜生活丰富，上午睡大觉，哪像我们都是早起捉虫的鸟！

路过霍夫（Hof），远处青山脚下，草地上散落的房舍，红瓦白墙，教堂分外惹眼。车子一拐，我们又到了一处景点。走到村庄，这儿居然停了一辆旅游大巴，看来到这儿游历的不只有我们几个。不过，他们都是高鼻子、蓝眼睛，不是我们的同胞，估计中国旅行社也不会组织国人到这儿来的。山坡上"Hof Hotel"（霍夫酒店）几个字十分抢眼，这么几幢房子的村舍，一个酒店，恐怕得提前一年才能订到房间，我们六月初自然是订不到的，我这样想着。教堂前有一块墓地，外面还有个纪念碑，上面有几国文字的介绍。依稀记得此教堂建于1848

年，一个半世纪前，为了纪念什么人。大概，这辆大巴就是哪国旅行社组织人们来这儿看教堂，而不是像我们几个纯粹是为了看风景。

到了杰古沙龙湖，远远就看见湖面上漂浮着巨大的蓝色冰山。据介绍，杰古沙龙湖的形成很特别，瓦特纳冰原在此有个缺口，因而形成布莱特美克冰河，冰河底端形成深约100米的湖泊，冰河上的巨冰不断地崩塌，而且漂浮在湖上，浮冰经过风、雨、潮流的影响，逐渐形成大自然冰雕。放眼看去，湖面上全是大大小小的蓝色冰块，大的如房子，小的也有大石头一般大。了解一点冰川知识的人都知道，冰川的绝大部分体积都在下面，面上漂浮的仅仅是巨大冰川破裂形成的零碎冰块。

尽管没有阳光，但冰川那种宝石般晶莹剔透的蓝，仍令人叹为观止。看到我发在朋友圈的冰川小视频，我一个在美国的学生留言：原来科学家没有骗我们，世界上真的有蓝色的冰块。我的亲历使她相信了儿时书上老师讲授的关于冰川的情形。我们欣喜若狂地跑来跑去，拍下了很多珍贵的照片、视频。一位热心的外国妇女主动提出来，给我们五姐妹拍了两张珍贵的合影。突然，湖面上露出了一个个黝黑的头，上下一蹿一蹿的，是海豹！一只、两只……越来越多的海豹！终于，在杰古沙龙湖，我们弥补了第一天因为找路耽误了时间没有在欧萨村庄看到海豹的遗憾了。

好多电影都是在杰古沙龙湖取外景拍摄的,如《古墓丽影》《蝙蝠侠——开战时刻》等,其中最有名的是好莱坞007系列电影《择日而亡》。站在岛上,面对着这些巨大的蓝色冰块,想象詹姆士·邦德驾驶着飞艇在蓝色冰湖上矫健穿行,还有在这里追逐打斗的激动人心的场面,心中早已经是热血沸腾了!

在到达杰古沙龙湖之前,我一直满怀希望乘船游览冰河湖,刚上岛时我甚至差一点购乘船票了。后来,因为两个刘妹妹没有穿雨衣和防寒服,此时湖区又是雪风又是雪雨,我们只好忍痛放弃,依依不舍地放弃了乘船游湖与冰川亲密接触的机会。据介绍,乘船游湖时,导游会把湖里千年的冰块敲碎,分给游人品尝。千年的冰块有多少,每年每天能够供这么多游人分享?!女儿昨天还说,现在人类在开发南极旅游,游人去到哪儿生态就破坏到哪儿,还是不要去为好!真是这样,大自然都要被人类毁了!

告别杰古沙龙冰河湖,我们上路,驱车向前。1号公路沿路可以看见大大小小的瓦格纳冰川的冰舌。我们原本不知道这种像瀑布一样从上往下形成的凝固冰流是何自然现象,后来知道这叫"冰舌"(冰舌:指山岳冰川从雪盆流出来的舌状冰体。冰舌区是冰川活动最活跃的地段,大部分也是冰川的消融区)。在一处巨大的冰舌前,路旁停了不少车辆,我们也停了下来。下车后,雪风刺骨,吹得人根本站立不住。我们只能在两车之间的夹缝里靠着车勉强站立,不过我明显感受到车都在颤动。刘幺妹叫我转身,给我拍了一张背景是冰舌的人像照,这是我们五姐妹在此地拍的唯一一张人像照,太珍贵了!

过了冰河湖，看了冰舌，我们驱车来到美丽的维克小镇（Vik），一座红色教堂矗立在山头，一座绿油油的小山下，一大片红顶房坐落在海边。海水里矗立着一组千姿百态、高低起伏的海礁石，沙滩黑黑的，海水也是灰黑色的，那就是闻名遐迩的黑沙滩吗？是的，我们一路上目睹了火山、瀑布、河流湖泊、冰川以及独特的山景，今天来到了冰岛南部美丽的维克小镇，这是一个安宁和睦的小镇。小镇面向一望无际的大海，大海边就是著名的黑沙滩，1991年的美国群岛杂志曾把维克黑沙滩评为世界上十个最美丽的海滩之一。由于它黑得天然、黑得通透，海水在丝毫未受影响的情形下依然清澈。如果有足够的时间，从维克小镇坐海陆两栖船下海，便能在大西洋中畅游了。

不过，我们没有这样充足的时间畅游大西洋了。待我们游览完维克小镇，看了黑沙滩，在小镇咖啡厅喝了咖啡，吃了西餐（煎鱼、油炸土豆加罗宋汤），已是下午五时，我们还未确定今晚的旅店。在路上我研究了一下酒店订单，发现酒店价格是 GAR545，这是什么币种？开始我以为是冰岛克朗，1000 冰岛克朗大约兑换人民币 50 元，价值 500 多冰岛币的酒店，是否太便宜了？！大家炸开了锅，小华首先提出：不去这家酒店了，重新订酒店。我说，门儿都没有！现在订得到酒店？简直是痴人说梦。她坚持。我说你订嘛，订到了咱们就换。

我一直在心里疑惑着：当初订酒店的时候怎么想的？怎么看的价钱？保不准我当初就把 GAR 看成了人民币，想到 500 多元人民币，多便宜的房价啊，就订了！我让韩妹妹、刘小妹在百度上查一下 GAR 是什么货币，结果是卡塔尔币，GAR545 相当于 134 欧元，这样的价格就比较合情合理了。大家又觉得，房费怎么可能是卡塔尔币呢？我说，怎么不可能呢？人家房主是卡塔尔人。就像中国人如果在这里开家酒店，用人民币结算房价，怎么不可以呢！大家无话可说。

这里我们介绍一个景点，从维克小镇出发不久，就是冰岛最知名的瀑布之一的塞里雅兰瀑布（Seljalandsfoss），这里离冰岛首都雷克雅未克仅 1.5 小时车程。瀑布从古老的海崖直下 60 米落入一个浅池，游人可以从瀑布后方走过，从不同的视角观赏塞里雅兰瀑布和外面的世界，这是一个绝佳的摄影地点。

驱车约 40 公里，就到了我们乘船去往海岛的码头。码头上停了不少的车，看来都是去岛上游玩或像我们这样仅仅是寻找住宿的。我们到购票处一问，如果驾车上岛，今晚可乘 6：30 的船，但明天返回的船已经只能订下午 4：30 的船了。肯定不行！我们明天有冰岛黄金圈重要景点的游览计划，还有冰岛首都雷克雅未克没有深度浏览，岂能错过。当然，我们还有一个办法，就是把行李放置在车上，带上洗漱用品轻装上岛。这样，我们就可以今晚乘 6：30 的船上岛，明早搭第一班船 8：30 返回。船票很便宜，五个人来回才 12000 多冰岛克朗，换算成人民币还不到 600 元。

离 6：30 还有一个多小时，上一班船才刚刚开走，早十分钟来就好了。她们四人决定留在购票处上网发微信，我上不了网，出去转了一圈。天空厚厚的云层里透出了蓝色，是啊，天气变化很快，当地人说："If you don't like the weather of Iceland, just wait five minutes." 如果你不喜欢冰岛的天气，等五分钟就好。明天应该是晴天，我期待着蓝天白云下的航海！明天也是在冰岛自驾游的最后一天，盼望一个完美的收官之作！

游轮乘风破浪在海上航行，刚才还为没有时间在黑沙滩乘船游大西洋而遗憾，转眼之间，愿望就成了现实。这会儿太阳也冲破了云层，夕阳西下，金色的光芒洒在大西洋海面上，海水波光粼粼，海风呼呼刮过船尾，蓝色的海面上那一道道白色的浪花翻腾着，冰岛国旗在海风中呼呼地飘扬着……平日里会晕船的我完全没有任何不适的感觉，我甚至不愿意回到船舱去，大海的景色太美了！半小时的海上航行转眼就过去了，我们下船，向着我们今日的住宿地韦斯特曼纳埃亚尔公寓（Vestmannaeyjar Apartment）奔去。

我们的 Google Map 又不起作用了，只好按照对岸购票处那位女售票员指点的方向前去，在街上转来转去，还是找不到准确方向。我好不容易看见前方别墅旁从一辆轿车上下来一位老人家，我立即连跑带喊地追上去，一直追到别人家门口。老人家已经进了家门，听见了我的喊声，又出来了。得知我们迷路后，二话没说就叫我们上车，有了他的帮助，我们终于松了口气。可爱的冰岛老人解了我们燃眉之急。

车子一弯一拐,转眼间就到了一片别墅区,家家户户门前都有大花园,海边还停有游轮,这是典型的富人区。我们几个至今都说不清这个拗口的地名和酒店名,只记得富人岛、富人区。酒店到了,开门的果然如我所想,是个大胡子中东人。这是一幢两层楼的大别墅,中间一套住着房主一家,两边两套房子分别进出房门,可以住两家人,我们的房间就是其中一套。两间卧室,客厅、饭厅、厨房、卫生间齐备,门外还有一个花园,外带一套烧烤炉具。太爽了!我们也来享受一下冰岛富人的生活!

这是我们此次冰岛行住得最好而房价也是最便宜的一个酒店,终于有了一个完美的结局,我悬了许久的心终于放下来了!

Day 7 09 / 06

韦斯特曼纳埃亚尔（Vestmannaeyjar）—雷克雅未克（Reykjavik）

今天是我们来冰岛的第七日，今晚也是我们五姐妹冰岛行的最后一个夜晚，明天一早我们就将告别冰岛，飞回法兰克福。今天我们的旅游路线，亦是国内外所有旅行社推荐的黄金圈：辛格韦德利国家公园、盖歇尔大间歇泉、居德瀑布，哪一个不是耳熟能详的名字？！哪一个不是来过冰岛的人都涉足过的地方？！但是，我好像对这些景点并不怎么热衷，今日看景点的心情也不如往日那么迫切。我的心仍然在这个名字十分拗口的岛上，我们姑且还是沿用"富人岛"这个名字吧！

清晨，太阳还没有升起，我们就迫不及待出了门。我们要好好看一看这座误打误撞走入的富人岛。此时岛上仿佛空无一人，我们走过沿山势错落有致分布示的一幢幢别墅，穿过沉静的大街小巷。店铺橱窗外标示营业时间：11：00~18：00。开门晚，关门早，显示着岛上人们闲适的生活方式。在这样一个人口不到两千的小岛,旅游图上标示的餐馆就有十多家,咖啡厅、酒吧的营业时间从午后 1:00 到午夜 1:00。来这儿的人既是冲着这份闲适与安宁,也是为了享受这儿丰富多彩的夜生活。

不大工夫,我们来到了海港口,离我们出发时间 8:30 还有足足一个小时。"海风你轻轻地吹,海浪你轻轻地摇,年轻的水手,头枕着波涛,睡梦里露出甜美的微笑……"海港静悄悄,船儿轻轻地摇,初升的太阳毫不吝啬地把光芒洒在大大小小的游轮上,给整个海港码头披上了金装。偌大的海港,只有我们五姐妹的身影,我们轻轻地走路,轻轻地说话,轻轻地拍照,生怕打破了海港的宁静,惊起了栖息的水鸟,搅乱了水手的梦境……

因为我的粗心，订了一个"不太靠谱"的酒店，把我们带到了一个未知的世界，我们不仅入住了这次冰岛行房价最便宜同时也是最奢侈的别墅酒店，而且弥补了我们的一个遗憾。我们原计划的胡萨维克观鲸鱼，因为购不到船票而搁浅，我心心念念的杰古沙龙冰河湖游船观冰川，也未能实现。在这样一个四面环海的国度，难道我们只能在岸边观海吗？仿佛冥冥之中自有安排，我们鬼使神差地，不仅来到了这茫茫大海中的小岛，而且在海上乘风破浪，领略了北大西洋的风景。刘妹妹说，他家方先生（业余摄影师）称赞她在富人岛海港拍摄的这组照片为"冰岛之最"。

后来回到法兰克福查资料才知道，韦斯特曼纳埃亚尔被称为"冰岛的缩影——赫马岛"，位于冰岛大陆的南部，由15个或者更多的大小不一的岛屿组成，这些岛屿是1000多年以来由海底火山喷发而逐渐形成的。1963年火山喷发，生出了一块新领土——舒尔特塞（Surtsey）。1973年火山再度喷发，给岛上倾下3000万吨火山岩，增加面积2.5平方千米。这片群岛最大的也是唯一有人居住的是赫马岛（Heimary），面积13.4平方千米，即被我们称为"富人岛"的这座小岛。来冰岛旅游还有一种说法："没有到过赫马岛，就不算到过冰岛。"这下该我得意了，而且不是一点点得意！

早晨8:30，登船，起锚，乘风破浪，下船，上车，启动，我们又踏上了新的旅程。

我们今天的游览项目很丰富,首先就是冰岛久负盛名的盖歇尔间歇泉(The Erupting Great Geysir)。盖歇尔间歇泉位于雷克雅未克附近的Haukadalur谷地周围。整个地区是一个大喷泉区,约有50个间歇泉。盖歇尔间歇泉最为有名,是因为它最高喷水高度居冰岛所有喷泉、间歇泉之首,因此也是世界著名的间歇泉之一。间歇泉四周挤满了人群,每个人都不约而同地举着相机或手机,瞪大眼睛,凝视前方,等待着它每隔2~3分钟的喷发。地面开始冒热气,顷刻间,热气腾腾的泉水喷薄而出,直冲云天,四周雾气笼罩,人群一片欢腾,场面蔚为壮观!

驶离间歇泉后,我们差点错过了居德瀑布(Gullfoss),因为没有看见路牌指示,以为还远,只顾赶路。突然,路边一侧有很多人,开车的韩妹妹说了一句:"那里是什么地方,怎么有这么多人?"我提议干脆拐进去看看,结果,这儿就是我们一定不能错过的金圈旅游景点之一的居德瀑布,该瀑布又名"黄金瀑布",位于奥尔菲莎河(Olfusa)支流赫维陶河(Hvita)上。冰岛的瀑布水源主要来自冰川融化的雪水,造山运动让许多河流所在的地壳断裂,河床高低落差形成瀑布,我们这几天已经见过了大大小小不少瀑布。但是,黄金瀑布绝不能错过,它既是欧洲第二大瀑布,也是冰岛最大的断层峡谷瀑布,宽约2500米,高70米,高度落差大且水量丰富。欧洲第一大瀑布黛提瀑布,我们前几天才看过;第三大瀑布莱茵河瀑布在瑞士沙夫豪森附近,三年前我们一家四口去过那儿。迄今为止,欧洲排名前三的瀑布,我已经一网打尽。

　　居德瀑布为什么叫"黄金瀑布",那是因为倾泻而下的瀑布溅出的水珠弥漫在天空,在夕阳照射下形成道道彩虹,仿佛整个瀑布是用金子锻造成的,故而得名黄金瀑布,而彩虹正是冰岛的象征之一。我们来的不是时候,没有夕阳,没有看见美丽的彩虹,但是黄金瀑布气势宏大,景色壮观,也是毋庸置疑的。眼前,黄金瀑布以天地为舞台,上演着一部大自然的交响曲。宽阔的水流从山顶跌落,在腰间受阻,又分成几缕叠加在一起,飞泻而下,水花四溅,震耳欲聋,舒展在天地间,生生不息,绵延不绝。

黄金圈的最后一个景点就是离首都雷克雅未克最近的辛格韦德利国家公园（Pingvellir National Park），它是冰岛历史上最负盛名的圣地，是冰岛国家的摇篮，也是西方国家政治发源地之一，素有"世界最古老的民主议会会址"之称。公元930年，辛格韦德利平原上成立的露天议会，标志着冰岛作为一个独立的国家存在。后来这里成为冰岛人民举办大型庆贺活动之地。1930年，3万多冰岛人曾来此纪念古议会成立1000周年。1944年6月，4万多冰岛人在此地集会，宣布摆脱丹麦统治，成立冰岛共和国，就此翻开了冰岛崭新的一页。

走近国家公园,首先看见的就是奇特的自然景观——大裂缝,大裂缝又被称为"千年不冻大裂缝",意思很明了,任你天寒地冻、漫天飞雪,地上雪层多厚,大裂缝里的水仍然清澈透底,淙淙流淌,千年不冻,千年不断。据说,大裂缝是欧亚板块与美洲板块的分界之地,我站在这里,遐想着双脚跨步而立,便踩在欧亚美洲两大板块上了。现在这个裂缝仍在以每年两厘米的速度在分离。

2004年，辛格维利尔国家公园被联合国教科文组织列入《世界遗产名录》。我们登上高高的观景台，远眺广阔的辛格韦德利平原与美丽的辛格瓦尔德拉湖（国会湖）。这是冰岛最大的天然湖泊，面积有84平方千米，湖水清澈照人，波平如镜，让人流连忘返。湖对岸的教堂、农舍散布在树林中，冰岛国旗迎风飘扬。

我们沿河走了一段，过桥来到久负盛名的辛格韦德利教堂，一睹它的真容。与公园同名的辛格韦德利教堂就坐落在被国会湖畔环绕的绿树丛中，在广阔的平原上显得格外袖珍、可爱。教堂是全木结构建筑，内部设施小巧而精致。据说，这里的牧师亦是这个国家公园的维护者和管理者。

一路走下来，我们看了冰岛这么多珍贵的自然景观，很多都是全世界独一无二的。除了在蓝湖温泉和米湖温泉泡澡需要付钱之外，所有景点，我们都没有购买门票。对此我们赞不绝口，感叹道：这些景点要是都收费，我们这一路得交多

少钱啊?!每个景点少则几十,多则几百。我想,冰岛在 2008 年宣布国家可能将破产。哎呀,它破什么产啊?!把所有景点圈起来,售票,国家一下子就救活了。全国 30 万人口,甚至不如我们一个边区县人多,还愁养不活?!

我们从西至北,从北到东,从东到南,再回到西,环绕冰岛一周,今天是见到人最多的一天,甚至可以毫不夸张地说,今天在黄金圈见到的人比前 7 天在冰岛见到的人的总和都多。到处是急匆匆来来去去的人,到处是旅行社的大巴,到处可见旅行社导游摇动着手中的号码牌。不过,冰岛导游不像国内导游,他们不是举旗帜,也不咋呼喊人,而是每人手里一个号码牌,35、94、108……代表着一个个旅行社。这么多旅行社、这么多人,混杂在这样一个旷野中,游客会不会走错团、上错车?会不会走丢?不得而知。我是不是有些瞎操心了?

到了雷克雅未克,恰好与今天在黄金圈人声鼎沸的情形相反,街上没人,想找人问路都难。我让小华在 Google Map 上输入"大教堂",雷克雅未克大教堂是这儿的地标建筑,也是游人必去打卡之地。车驶了一会儿,没有看见直插天穹的大教堂尖顶。再来,我们输入"托宁湖(Tjörnin),雷克雅未克市中心内湖",转了一圈,没看见什么湖。我们输入"市政厅",应该位于托宁湖的北边,导航仍然没有把我们带去该去的地方。没辙了,那就输入"Downtown"(市中心,或者闹市区),导航把我们带到一条有着很多商店的大街上,但是看不到我们要找的标志性景点。我只好下车,走进一个家具店问路,问"Downtown",人家

一头雾水,改问"大教堂",对方告知我们该调转车头往前开,看见下方有水的地方往下开,就会看见教堂尖顶了。于是,我们掉头,直行,看见水了,右转,果然看见教堂尖顶了,正要左转,却禁左,只好右转,转来转去,到了一条不知名的街,路边有停车位,旁边正好有个女装店,看上去挺高档的。我们于是把车停在这儿,想去买衣服的妹妹们正好逛逛,我也好轻松轻松。

时候不早,已是晚饭时分。我们决定先去酒店,吃了晚餐再找大教堂,逛市区,反正冰岛没有天黑一说。这下,Google Map 倒是给力,十分钟后,我们已经到了今晚下榻的酒店 Capital Inn,意译就是首都酒店。入住后,连上 Wi-Fi,发微信,等待吃饭。最后一顿只有方便面凑合了,不过省时,吃了赶紧出门。

我们在 Google Map 上输入"大教堂",结果来到"托宁湖",原来托宁湖旁边也有一个教堂,不过不是我们要找的哈尔格林姆斯教堂(Hallgrimskirkja)。原来应该输入教堂的名字,雷克雅未克市最少也有三、五个教堂,你让人家带你去哪个教堂嘛,不是人家的错,是我们的错!

哈尔格林姆斯教堂位于市中心,站在七色彩绘的步行街起始处,举目远眺,可见街道最高处正对着大教堂。哈尔格林姆斯教堂是冰岛最高建筑之一。我们从冰岛西南端开始,沿着冰岛走了一圈,看了好多个教堂,但大都是小巧的建筑,红黄蓝紫的外墙颜色,内外装饰是比较简朴的北欧风格。乍一看见哈尔格林姆斯教堂正沐浴在夕阳金色的阳光里,金碧辉煌的模样。啊,我们脱口而出"金色教堂"!

哈尔格林姆斯教堂于 1940 年开始奠基,花了半个多世纪才竣工。当然,这样的进程在欧洲教堂的建筑中一点也不令人感到奇怪。教堂主塔高 72 米,可乘电梯上顶楼俯瞰首都雷克雅未克全境,只可惜,现在时间已晚,连进教堂都是不可能的了。但我们还是十分满足,今天下午来到雷克雅未克,就开始找它,千回百转,几个小时后才一睹它的芳容。正值夕阳西下,教堂沐浴在一片金色的阳光里,通体呈现金黄色,美丽极了!

告别金色教堂,我们沿着七色彩绘步行街往下行,这时才看清,原来步行街正在举办活动,街道路面被涂成了七色彩虹,路边立着一个个宣传牌。这时刘妹妹又来了劲儿,沿着步行街开始扫货。其实,购物也是旅游的一种方式,本地民风民貌可一一纳入你的镜头。不少商店还开着门,只要开门营业的,都被刘妹妹一网打尽。我实在受不了这样一家家商店逛的节奏,与她们约定在托宁湖畔汇合,就独自一个人逛街看风景去了。

早就知道市中心山坡上有一栋著名的珍珠楼，楼高 25.7 米，占地 3700 平方米。因为该楼顶部为半圆形玻璃穹顶设计，由 1176 块玻璃组成，在阳光照耀下光芒四射，酷似珍珠，故得名珍珠楼。楼体外侧装有 6 个大水罐，每个可容纳 400 万升水，利用循环水通过楼体结构内的中空钢管，调节楼内温度。怪不得冰岛被称为全世界最环保的国家之一，当然不是徒有虚名的。珍珠楼顶设有鸟瞰雷克雅未克全市全景的旋转餐厅和咖啡厅，不过这次冰岛行没有时间安排这个项目，下次来冰岛，一定不能错过这珍珠楼的美食美景！

一个人悠闲地走着看着，不知不觉来到了冰岛总理府，那是一幢简单的二层小楼。楼前的雕塑和光秃秃的旗杆，让我在暮色中认出了它。冰岛总理府原本是一座监狱，始建于1761年至1771年间，1904年经修缮后成为冰岛自治区政府以及后来独立的冰岛政府所在地。1944年，冰岛总理府迁于此。冰岛是全世界最早承认同性恋合法的国家之一。总理约翰娜·西于尔扎多蒂在冰岛正式承认同性婚姻合法（2010年6月27日）后，与女伴成为合法"夫妻"。

晚间的托宁湖，夕阳已经落下，湖水宁静而温馨……8天冰岛行明日将要落下帷幕，我激动已久的心慢慢平复了下来。

Day 8　09/07

雷克雅未克（Reykjavik）—法兰克福（Frankfurt）

再精彩的故事都有起初、发展、高潮、尾声、结束，大幕开启之时，就预示着落幕的一刻。8天7夜冰岛行今日就将落下帷幕，我们昨晚虽然仅仅睡了3个小时，今天却仍然各个精神饱满。凌晨4时许，梳洗完毕，我们驱车向着冰岛凯夫拉维克国际机场进发。

我们五人仍然像从法兰克福飞冰岛一样，分成两个航班从雷克雅未克飞回法兰克福。小华和刘幺妹乘7：25雷克雅未克直航飞法兰克福；我们仨乘7：55航班先飞哥本哈根，再转机飞回法兰克福。她们俩中午12点过（法兰克福当地时间）到达，飞行时间3个多小时；我们因为转机，下午4：25才能到达法兰克福国际机场，飞行加转机共需6个多小时。

今日，摆在我们面前的最大问题，不是换登机牌、登机，而是怎么还车。

昨天，几乎是从早到晚我们就一直在时断时续地商讨今晨还车的事。按合同约定于 7 日早晨 6：00 车行还车，但小华她们所乘航班是早晨 7：25，就意味着 5：25（提前两小时）就要在机场换登机牌，然后 6：55 登机。那么，要保证在 6：00 之前能够办完还车手续，和 6：55 之前要办理完登机手续，及时赶到登机口按时登机，这一切的一切都是未知数，哪一个环节都不能出问题。但如果我们提前到昨天还车，昨晚和今晨来回凯夫拉维克机场到雷克雅未克市区近 100 公里的交通怎么解决？

左思右想下，我只有致电车行，看能不能更换我们的还车时间到凌晨 5：00，甚至更早。结果，车行的回复十分简单，也十分令人意外。他居然说，不需要提前还车，只需要把车开到车行对面找个位子停下来，把车钥匙放进车行门外挂的小盒子里，就可以了！我不敢相信自己的耳朵，居然有此等好事！韩妹妹说他们在美国自驾还车都用了大约一个小时。我再三追问，居然就是这样，我一点也没有听错。小华她们都表示担心。我安慰她："你看看我们一路上住的酒店，哪一家收过押金？哪一家需要办理退房手续？不就是把钥匙往桌上一放就完事了吗？！"

今晨,我们驱车到了机场,卸下行李,我们仨进候机大厅排队等候换登机牌,小华和刘妹妹去还车。不到十分钟她们就打了来回,还车完毕!细心的小华还专门拍照作为证据,我一看,门口盒子上几个字"drop the key here"。我由衷地感叹:"冰岛人民太善良了!冰岛人民太善解人意了!居然真不需要履行任何还车手续,他们就那么相信这些来自世界各地的租车人,耳听为虚,眼见为实,不相信不行啊!"

我们顺利登机,下午4:25,我们仨平安到达法兰克福机场。看见小华发来的信息,她们已于中午平安到达法兰克福。冰岛行画上了一个句号!

一路下来,我这个大姐,被众妹妹封了两个外号,一是"易胆大",二是"最佳副驾驶"。我确实有点胆大,有点包打天下的豪情壮志。这次订酒店实在有些过于胆大,完全按自己的喜好,对当地地理情况、天气情况一概未做攻略。关于路程,我自以为冰岛北部最冷,完全没有考虑海拔高度对气候的影响,结果我们到了东部,在最东端的小镇遇到气温骤降、地面结冰的险情。就算在相对安全的南部1号公路上,路边也有暗冰存在,车子打滑那是在所难免的。总结下来,游客对冰岛环岛自驾不能盲目乐观,性命攸关时不能有半点粗心大意。好在这次有两个超级棒的驾驶员,不然……事后想起,还阵阵后怕。

被驾驶员刘幺妹誉为"最佳副驾驶",主要一是因为我坐在副驾驶位子上时,从早到晚,神情高度紧张,睁大双眼,不敢有丝毫懈怠,呵欠都不敢打。二是,无论道路多么艰难,我从头到尾不吱声。因为不会驾车,我也没有发言权。何况,遇到险境,说什么都没用,只能把命运交由驾驶员掌握。这是我的原则,我也是这样做的。我家严先生就是脾气很好的人,我要在他开车时指指点点、东说西说都会挨骂,更不要说换成别人了。

Part 3

下篇

行前的话

2023年6月18日，期待已久的MSC北欧四国古都巡游即将拉开帷幕！

北欧四国古都巡游乘坐的MSC（地中海游轮）是一家在瑞士注册、总部设在日内瓦的全球性游轮公司。

我们巡游的路线：第一日，从德国法兰克福前往港口城市基尔，我们登船MSC，当晚驶往丹麦首都哥本哈根；第二日，我们游览丹麦首都哥本哈根；第三日，我们海上航行，驶往爱沙尼亚首都塔林；第四日，我们游览爱沙尼亚首都塔林，当晚驶往芬兰首都赫尔辛基；第五日，我们游览芬兰首都赫尔辛基，当晚驶往瑞典首都斯德哥尔摩；第六日，我们游览瑞典首都斯德哥尔摩；第七日，我们海上航行，游轮驶往德国海港城市基尔；第八日，我们到达终点站基尔，下船，参观基尔市，体验世界最大的帆船赛"基尔周"节日盛况，再搭乘德国高速列车ICE从基尔返回法兰克福。

北欧四国古都巡游团队成员：我和严先生，40 年前的大学校友永红，学生家长也是成都老乡小林。我们团队有两个共同点：第一，三个家庭的女儿都生活或工作在德国法兰克福；第二，成员均为"60 后"，但我们不是老人，至少我和严先生从来不认为我们是老人。严先生每周在球馆打三次羽毛球，与一众平均年龄 30 来岁的年轻人对战，仍处于中游水平。我呢，每天绘画、写作、骑车、弹琴，还做许许多多其他事，从早到晚一刻不停，自我感觉精力、体力、记忆力、学习能力，均处于风华正茂的状态。

本次北欧四国古都巡游选择游轮公司、航行路线、旅游时间，包括订什么舱位的房间等，均由我一人搞定。我这人就是放心不下，什么事都要亲力亲为，用严先生的话来说，喜欢管事。

终于要成行了，心中充满期待。二十来年我在世界各国，尤其欧洲各国旅游，体验了无数次乘坐飞机、火车旅游，就是没有真正意义上地乘游轮旅游过一次。20世纪90年代我尝试过搭乘国内游轮，1997年搭乘游轮从烟台去威海，住的是底舱大舱房，且夜间航行，睡一晚，清晨抵达威海，随即下船，几乎没有留下任何记忆。

在我们的旅游计划里，北欧游轮之旅出现过N次了，但皆因这样或那样的原因一直未能成行。前几年，我带着一群人搭乘飞机、火车游了一圈（丹麦、瑞典、挪威），在挪威也曾搭乘游轮看峡湾，不过没有在游轮上过夜，算不上真正的游轮之旅。再后来我又去了冰岛，全程环岛自驾，中途搭乘游轮渡海，也没有过夜的经历。今日终于如愿以偿，是真正意义上属于我的游轮旅游。

Day 1 06/18

法兰克福（Frankfurt）—基尔（Kiel）—
哥本哈根（Copenhagen）

6月18日，天空晴朗，早晨8：14，我们搭乘德国高速列车ICE694，从法兰克福（Frankfurt am Main）火车总站出发去基尔（Kiel）。基尔是德国最北端的城市，与丹麦首都哥本哈根隔海相望。基尔既是我们本次北欧游轮之旅的起点也是终点。

一早出门，从法兰克福火车总站出发时火车已经晚点了 5 分钟，我们心中有点忐忑，好在行进途中，火车逐渐找回了延迟的 5 分钟。13：57，火车正点到达基尔，全程 5 个多小时。目前，德国铁路推出每月 49 欧元无限次随意搭乘德国全境交通的优惠政策，周末节假日出行的人员明显增多，长途旅行搭乘 ICE 时间可缩短很多。如果我们用 49 欧元票从法兰克福到基尔需 10 个多小时，搭乘 ICE，时间折半。

基尔火车站下车后，人流中，我看见一女士举着 MSC 牌子，心中一热，游轮公司安排专人接车，考虑周到，值得信赖。在游轮公司的巴士停靠站，办理行李托运手续，乘车去往 MSC 游轮码头。

登船大厅，等待办理海关手续的游客排着长队，弯弯曲曲绕了几圈。等候一个多小时，才轮到我们办理登船手续。查验我们四人的海关人员是一男一女两个年轻人，核对护照，查验身份，填写信息，正面拍照等。最后，每人得到一张塑胶卡片，上面既有游轮公司的信息，也有本人的基本信息。此卡十分重要，进出游轮均需扫描此卡，且游轮上一切消费均扫卡进行，最终扫卡结账下船。

登船前还有一个重要环节——过安检，这是我预先没有想到的，而且所有步骤与机场安检几乎相同。但想想也是需要的，游轮载客几千，大海上航行，万一混进不轨之人，后果就不堪设想了。

我们的房间在第十层甲板，登船，进入房间，宽敞整洁，各项设备应有尽有，阳台面朝大海，是真正的阳台房。"哇，大海！"我叫出了声，拍照一张，发给女儿。女儿回复："太美了！"

Tour & Paint Northern Europe 231

放好行李，我们迫不及待开始参观游轮，14层甲板上排列着大大小小的游泳池，既有室内泳池，也有露天泳池，还有温泉造波池。穿着各色各样泳衣的人们已经在游泳、玩水、嬉戏、晒太阳了。

第14层甲板中央有一个不大的舞台，主持人极力调动着人们的情绪，四周人群热情回应，音乐旋律响起，人们舞动着身子……场面热烈奔放。

晚上6时许，在自助餐厅吃晚餐，各种各样的主食、菜肴、坚果、水果……品种多得数不过来。也有我们熟悉的主食米饭，有凉的、热的，还有蔬菜炒饭。各种饮料、咖啡、茶水应有尽有。我上船前脑子里闪过吃不惯船上饮食的担忧瞬间化为乌有。

我们四人坐在靠窗座位上,一边品尝着美味佳肴,一边发表着对游轮之行的第一观感。突然,岸边的建筑在移动,啊,开船啦!没有任何晃动的感觉!大家又是一番感慨。要知道在计划游轮旅游时我们差一点打退堂鼓。永红回忆起她 20 多年前的北欧游轮之旅曾有一段痛苦的经历。当年她搭乘游轮在芬兰湾航行时,突遇海上风浪,游轮颠簸不已,满船人均晕船呕吐。不过,那已经是 20 年前的历史了。

吃过晚餐,我们来到剧场看歌舞演出,偌大的演出大厅座椅呈阶梯状排列,上下两层楼,粗略估算可容纳约 2,000 人。演出开始了,舞台上霓虹灯炫目耀眼,演员表演得热情奔放,时不时和台下观众互动,掌声、欢呼声响成一片。我们看得十分投入,忍不住大加赞赏。

晚上 9 时许,大家才回到房间。

此时夕阳西下，火红的太阳慢慢地落下，直到夜晚 10 时许，巨大的火球才落入大海，染红了一片海水。

我们北欧四国古都游轮之旅的第一天完美结束！

Day 2   06/19

哥本哈根（Copenhagen）

清晨 7 时，游轮顺利停靠丹麦首都哥本哈根（Copenhagen）港口。

吃过早餐，下游轮，在停靠码头搭乘哥本哈根城市观光巴士，我们开启了哥本哈根一日游。搭乘城市观光巴士的优点其一就是节省时间，游客可随上随下，巴士停靠点大多是旅游热门景点。其二，坐在旅游大巴上层，看城市风景，也是另一种旅游体验。

几年前哥本哈根三日深度游的经历，给我留下了极其深刻的印象，很多耳熟能详的旅游景点至今令我记忆犹新。

第一站，我们直奔哥本哈根市政厅（Copenhagen Town Hall）广场，大约9时许到达，广场上游人不多，我们四人各自忙着选角度拍照。这时，一群当地学生模样的少年路过，两位男生看见严先生举着单反，主动要求拍照。镜头里这两名金色卷发、笑容灿烂、青春洋溢的学生，太令人喜爱了！我回家就把这个场景画出来了。

市政厅外,看见有人西装革履进入大门,我招呼大家进去看看,西方国家的市政厅是可以随便进入参观的,原则是不打扰人家上班即可。

哥本哈根市政厅底层大厅明亮宽敞,大理石地面熠熠发光。一位女性工作人员正在大厅四周摆放标识,两侧入口处站立着几位衣着正装、手持鲜花的男女,一看就知道这里即将举行结婚典礼。新人在市政厅举行结婚登记和简短婚礼,是西方国家的一个惯例。

上二楼，沿着回廊转了一圈，这里是政府各部门办公室，只要不干扰正常办公，你尽可以静静地走过每一个房间，观看政府工作人员的日常。

下楼参观市政厅后花园，这里有水池喷泉、花台小径、绿树环绕、鲜花盛开，来此参加婚礼的客人，男士西装革履，女士穿着优雅的长裙、手持鲜花，年轻女孩头戴花环。当然，也有我们这些来自世界各地的游客在此流连忘返。

逛完市政厅，我们打算去看一看安徒生铜像（Statue of Andersen），记得雕塑就在市政厅附近大街上。没想到从市政厅侧门一出来，发现雕塑就在眼前。

安徒生铜像坐落在熙熙攘攘的哥本哈根大街一侧的人行道上。安徒生端坐着，右手拿书，左手拄着拐杖，身着西装，头戴礼帽，嘴角微笑，向左仰头望向天空。

这里是无数游客的打卡地，来自世界各地的人们都要与这位世界闻名的童话故事之王来一张合影。

市政厅附近还有一个有趣的地方——趣伏里公园（Tivoli Gardens），哥本哈根著名的主题公园，开放于1843年8月15日，是世上现存第二古老的主题公园。上次我来哥本哈根，还不太知道此公园的来历，以为就是集吃喝游玩为一体的大型主题公园，故没有排上日程。回家后我看介绍才知它的来历，很遗憾。我们再次到访哥本哈根，本应弥补这个遗憾，无奈时间有限，不得不再次留下遗憾。下次专程来哥本哈根，一定要到趣伏里公园好好玩玩。

我们上车奔赴国王新广场（Kongens Nytorv）。国王新广场建于17世纪。广场中央矗立的克里斯钦五世国王骑马塑像是广场的标志，建于1688年，被称为"国王之马"。雕像四周花团锦簇、绿草茵茵，游人徜徉其中，尽享美好时光。

广场四周古典风格的建筑云集,有巴洛克建筑风格的皇家剧院(the Royal Theatre)、皇家艺术学院(the Royal Academy of Arts)等著名建筑。一幢巴黎风格的建筑物,楼顶飘扬着法国国旗,这是一家已有100多年历史的大商场,即著名的玛格森商场(Magasin)。商场南边的街道就是酒窖街,这条街上的6号主体建筑是中世纪建成的"汉斯国王的酒窖"(丹麦皇家的财产),地下室是丹麦最好的饭店之一"汉斯国王饭店"所在地。还有一幢大楼很特别,外墙上高高悬挂着一个大大的救生圈,这是丹麦的海事大楼吗?

国王新广场正前方就是闻名于世的哥本哈根新港（Nyhavn），是哥本哈根建造于 17 世纪集乘船、观光、娱乐、休闲为一体的大型综合性滨水区域。新港由许多颜色鲜艳的住宅（建造于 17 世纪末和 18 世纪初）、酒吧、咖啡馆和餐馆构成，几乎所有的哥本哈根明信片上都有新港五彩缤纷的建筑、碧波上行驶的游船、来来往往的游人……

　　运河两旁，停泊着许多木制船只。运河上，船来船往，满载乘客。码头上，等待乘船的人排着长队。横跨运河的桥上，人来人往，络绎不绝。运河岸边，露天咖啡厅，人们品咖啡聊天，轻松而惬意。新港大约是哥本哈根最休闲的地方，在这里品咖啡看风景，待上一整天都不会觉得无聊。

　　下一站是阿美琳堡王宫（Amalienborg Slot），中午 12 点，在王宫宫殿广场观看皇家护卫队换岗仪式几乎是每一位来哥本哈根游客的必选项目。

　　我们正点到达皇宫，广场中央已经围满了观看卫兵交接仪式的人们。皇家卫兵们身着红蓝色制服，头戴大皮帽，庄严地履行着自己的职责，这种由内而外散发出的皇室尊严不禁让人肃然起敬。皇宫建筑上飘扬着丹麦国旗，说明此时此刻女王就在宫里。

在这里,我如约见到了 20 年前教过的学生江洋,她是我的得意门生,现在定居哥本哈根。难得在异国他乡见到昔日的爱徒,我很是高兴。江洋特地给我带来了一本书,澳大利亚华裔画家用炭精画讲述他移民之路的故事,很有特色,与我的书籍异曲同工,我也是用画作给读者讲述旅行见闻。

下一个目的地是吉菲昂喷泉(Geflon Fountain),一个宏大辉煌的古铜色地标建筑。这个戏剧性的雕塑由昂拉斯·蓬高于 1908 年竣工并揭幕,是哥本哈根街头最大的纪念碑之一。喷泉来自北欧神话故事:四头牛实际上就是北欧女神的儿子,牛的鼻孔喷出的水象征着工作的力量。

当然，还有一个地方绝对不能错过，那就是位于大海边的小美人鱼雕塑（The Little Mermaid），这是哥本哈根之旅的必选景点。雕塑四周，围观者众多，一群游客一个接着一个，攀上基座，与小美人鱼雕塑合影。我们也不例外，周围看看，小美人鱼盘坐的两个大石块高高地裸露在水面上，水中有少许漂浮物。感觉眼下与曾经见过的景致有落差，不免心中感慨，世界变化太快，环境变化得更快。

下午 5 时许，我们不得不告别哥本哈根，搭乘旅游大巴，返回游轮码头，过安检，登船。之后我们享用丰盛的晚餐，大快朵颐！

晚餐后，我们外出散步，观看演出。今日有杂技表演，精彩纷呈，高潮迭起，真是很久没有看到这样经典的杂技表演了！我们由衷地感到开心！

晚间，我们在客舱阳台上看日落，一天过去了。

游轮启航，从哥本哈根驶往下一站——爱沙尼亚首都塔林。

Day 3　06 / 20

全天海上航行（At Sea）

　　今日，游轮全天海上航行，全船旅客可随意参加游轮任何娱乐健身休闲活动。

　　我作为领队，昨晚向大家宣布，今日早晨想睡多久就睡多久，没有统一的起床时间和早餐时间，至于参加什么活动，随意。

每日下午或傍晚，每个房间都会收到由游轮公司打印的第二日活动安排文本"Daily Program"，其封面页是室外温度（包含最高温、最低温），日出时间，日落时间，游轮到达港口时间，到达港口城市的名称，游客下船最早时间，登船最后期限，以及启航时间。内页是当日游轮上各种娱乐健身活动的安排，时间、地点以及内容，一目了然。

今日全天海上航行，自然各种活动安排得非常多，丰富多彩。除了游泳、棋牌等活动外，从早到晚，还轮流开展舞蹈课、健身操、现场音乐会、猜谜游戏，午场和夜场还有剧院演出等。

吃过早餐，稍作停留，我就单枪匹马去室内游泳池游泳。严先生表示不去，另外两个团员因身体不适回了房间休息。我在每个泳池感受了一下，水温有点凉，就去温泉按摩池享受水疗按摩了。

同处一池的女士，中国人模样，我俩年龄相仿。她首先打破沉默，我俩开始聊天。她来自北方，今年五月持探亲签证来丹麦哥本哈根。一起乘坐游轮的有她的两个女儿、三个外孙。我十分惊讶："你怎么会有两个女儿呢？！"她说："双胞胎！"真是太令人羡慕了！20世纪八九十年代，中国实行独生子女政策，我们这般年龄的人都只有一个子女。她有两个女儿，自然惹我眼红。

随后,我躺在游泳池边椅子上看书休息,听到两位中年女士讲四川话,一打听,她们来自重庆,这次欧洲行只有一个活动,就是搭乘北欧游轮,我很好奇,既然来了欧洲就该多玩几天、多去几座城市,为何要急匆匆地回国呢?一聊才知道,人家是上班族,只有很短的假期。该轮到她们羡慕我了,在欧洲爱待多久待多久,爱去哪儿去哪儿!

上午 11 时许,我去房间约了二位到顶楼甲板,这儿正在上舞蹈课,穿黑色体操服的舞蹈老师和着音乐数着节拍带着大家做健美操。我们仨加入其中,随着音乐节拍扭动身体,谈不上舞姿优美,甚至节拍也不太跟得上,大家就是来活动活动身子,凑凑热闹罢了。

午餐后，严先生和另两位团友按惯例午休，只有我精力旺盛在游轮各个区域逛来逛去，美其名曰探路。这下，我确实发现了一些新的领域。15 层有一个 Baby Bar 儿童活动室，空间很大，玩具很多，只有一个爸爸带着女儿在玩积木。16 层是青少年中心，里面玩的青少年蛮多，很是热闹。这里还有小小足球场、乒乓球台、游戏厅……

上到 18 层，平台上摆着很多藤编躺椅，各式各样，人很少，估计很多人压根儿就不知道这儿还有这么一片天地。一段螺旋形的冲浪管道，没看见有人来玩，也许很多人找不到这儿。游轮前方甲板，视线极其开阔，可以无遮挡 270 度俯瞰大海，蓝天下蓝色的大海，无边无际，太美了！我为自己的发现惊喜万分！

下午,我带着严先生和两个团友一个地方一个地方去看,很得意,要不是我发现这些新大陆,他们即使在游轮上待几天,肯定也不知道游轮上还有这么多好玩的地方呢!

难得的下午茶,有各种饮料和各种西式糕点,我们各取所需,坐在靠窗的座位上,看海、品茶、聊天,太舒服了,很久没有这样放松的感觉了。

茶点后,我们一行下到游轮第5~7层,这里有各种公共活动区域——酒吧、演唱厅、游戏厅、赌场,灯红酒绿,歌舞升平,好不热闹。特别是施华洛世奇水晶厅,上下三层,水晶楼梯,俨然一个耀眼夺目的水晶世界。这儿的人众多,算是游轮上最受欢迎的地方。

晚餐后,我们去演艺大厅看演出,看见不少女士身着正装,描眉画眼,很隆重的样子。上船之前,女儿一再提醒我们带上正装,严先生还为是否带上衬衣、领带而纠结。现在看来,男士穿着比较随意,没见有谁西装革履地穿着打扮。

放松愉悦的一天,就这样度过了。

Day 4   06/21

塔林（Tallinn）

经过一天两夜30多个小时的海上航行，游轮今晨到达爱沙尼亚首都塔林（Tallinn）。

有一说一，这次通过 MSC 游轮北欧四国古都之旅，我才第一次听说"塔林"这座城市。爱沙尼亚这个国家我知道，不过仅仅停留在爱沙尼亚是波罗的海三国之一的认知层面上，仅此而已。

搜索 Google，我们得知爱沙尼亚位于欧洲东北部，其国土由大陆部分和波罗的海中的约 2,222 个岛屿组成，西向波罗的海，北向芬兰湾，东临楚德湖，南面和东面分别同拉脱维亚和俄罗斯接壤。

塔林是爱沙尼亚共和国的首都，1997 年塔林以"塔林历史中心［The Historic Centre（Old Town）of Tallinn］"之名，被列入《世界遗产名录》之中。2011 年塔林当选"欧洲文化之都"，这些信息都令我对塔林另眼相看。

爱沙尼亚那些鲜红明黄、大蓝大绿、错落有致的建筑上方尖塔林立。绘画之人对色彩特别敏感,尤其对于喜爱欧洲古建筑的我来说,塔林建筑是最好的绘画素材。

爱沙尼亚历史上经历过多次外来政权的更迭,首都塔林多次被战火波及,因其石造建筑与坚固的城墙,才使得大部分的中世纪建筑能巍然屹立。在进入现代化的过程中,人们将这些建筑妥善保存下来,因此成就了今日的"塔林历史中心",吸引了大批来自世界各国的游客纷至沓来。

塔林不仅拥有世界文化遗产地——老城，还拥有先进的资讯技术。20多年前就很有名的Skype软件系统就是由爱沙尼亚人参与开发的。爱沙尼亚早在2002年就开始使用ELD的系统，连办驾照及投票等事务都能通过ELD进行线上作业。另外，几乎在所有公共场所，都有不需要密码就能直接使用的无线网络。这些都令我十分吃惊，一个人口仅约136万、国土45227万平方千米的小国，居然拥有这么先进的资讯技术和高度发达的城市管理水平。

据称塔林老城有着24个打卡景点，沿途看见不少游人手中拿着旅游地图，一边走一边看地图，估计就是在寻找这24个打卡地。我们刚开始也如此，很快感觉这样行走太慢，也影响我们看风景的连贯性。于是，我们抛开旅游地图，跟着感觉走，选择自己喜欢的地方停留。

塔林的主要景点都在旧城区，而旧城区因为地势的关系，可分为上城区与下城区的两个古城区。上城区的座堂山曾经是贵族与主教的居住地区，主要景点集中在下城区。

大名鼎鼎的维鲁门（Viru Gate）是必看的经典。塔林的旧城区原先有六座城门，经过岁月摧残后目前只剩两座，其中一座就是位于维鲁街上、作为塔林旧城门面的维鲁门，门里是中世纪的古老建筑，门外则是现代化的高楼大厦。维鲁城门所在的维鲁街，现在已成为商业气息浓厚的游客大街，街道两侧有许多精品店、咖啡店与餐馆。

人们进入维鲁门后沿着城墙往北走，会看到一条隐秘的小巷子，这就是卡塔琳娜通道（Katariina käik），一抬头就可以看到特殊的拱门，在中世纪时，这里就是许多手工艺品工匠的聚集地，目前则开有许多艺术品工作室与咖啡厅。

我们继续往前行,来到最热闹的市政厅广场(Tallinn Town Hall Square),也就是整个旧城区的中心。广场四周有着许多露天餐馆与咖啡座,当然其中最重要的还是市政厅本体建筑。这座市政厅建于1322年,它是目前北欧唯一保存完好的哥德式建筑风格的市政厅,也是波罗的海国家和斯堪的那维亚地区最古老的市政厅。市政厅是当地人登记结婚的地方,新娘伴娘各个美艳绝伦,人们手持鲜花走过来,一看就是来市政厅盛装出席婚礼的。我们当然要进入市政厅感受一下这里的喜庆气氛。

在塔林市政厅的塔顶上,有个造型特殊的风向标,其模型是一位名叫老托马斯的战士,他是塔林的象征与守护者。

有个关于老托马斯的传说故事。托马斯出生于一个农民家庭，参加了由当时塔林的波罗的海德国精英组织举办的射箭比赛，比赛内容为向架设在杆顶上的彩绘木鹦鹉发射弓箭。托马斯在射箭比赛中表现出色，但碍于出身低微而无法获奖，被授予了终身守护城镇的工作。根据当地的传说，托马斯一生都在城镇广场分发糖果给孩子们。

街中央，一个老托马斯装扮的男生举着广告牌，向游人推荐着圣尼古拉教堂（St. Nicholas Church）。该教堂是建于13世纪的哥特式教堂，在二战时曾被苏联轰炸遭到严重破坏，内部也被摧毁了大部分，包括巴洛克式的长椅、阁楼和讲坛。由于当时撤离得及时，大多数珍贵的艺术品得以保留下来。但教堂在1982年再次被一场大火烧毁，目前看到的教堂是重建修复后的样貌。1984年后，教堂成为爱沙尼亚艺术博物馆的分馆。

离开市政厅广场往皮克街走去，这里是旧城区最长的一条街道，也是许多重要建筑的集中处，而在市政厅药局旁就是著名的圣灵教堂。圣灵教堂（Church of the Holy Spirit）是13世纪时的哥特式教堂，具有特殊的八角形白色塔楼，该教堂最初作为邻近的圣灵救济院的一部分而建立，该救济院负责照顾镇上的病人和老人。教堂最主要的看点，就是镶嵌在白色外墙上那蓝金相间的巴洛克式木雕古钟，而教堂内的木雕祭坛与讲道坛也是看点之一。

大基尔特之屋（Great Guild Hall）位于圣灵教堂对面，大基尔特之屋是中世纪时商人与工匠的工会所在地，历史可追溯至 14 世纪，当时只有最富有与最有权势的人可以出入，现在则改为了爱沙尼亚历史博物馆。

我们继续沿着皮克街往北走，来到塔林拥有最高尖塔的圣奥拉夫教堂（St. Olaf's Churc），高 123.7 米，于 12 世纪时建成，在 16 世纪时曾经是世界上最高的建筑。其名称来源有两个说法，正统说法是在丹麦人来之前，为了献给挪威国王奥拉夫二世而命名。

旧城区的最北方，可以看到一座左右非常不对称的城门，这座城门是塔林旧城区六座城门中唯一残存下来的大海岸城门（Great Coast Gate），可通往塔林港之路。

我们往上走，来到位于座堂山上的亚历山大·涅夫斯基主教座堂（Alexander Nevsky Cathedral）。该教堂以 13 世纪抗击条顿骑士团入侵的亚历山大·涅夫斯基命名，兴建于 1894 年到 1900 年。这是塔林最大和最高的圆顶东正教堂，典型的俄罗斯风格。人们站立老城，抬头可见教堂高耸的

圆顶,到达教堂,可以俯瞰塔林老城。两地之间遥相呼应。

教堂广场上,人们纷纷以教堂为背景选取最佳位置拍照。我们拍完照后,进入教堂参观,外面看着教堂雄伟壮观,进去之后发现内堂面积并不大,胜在内部装饰很精致,有许多彩色的马赛克图案讲述圣经中的故事。教堂有塔林最著名的钟声合奏,由包括塔林最大的钟在内的 11 座钟共同奏响,但只在周日礼拜前才可以听到,我们自然无缘这一盛事。

位于座堂山北侧的帕特苦莉观景台（Patkuli Viewing Platform）是欣赏塔林的最佳地点，这里不仅能够看见塔林全城风貌，还可看见更多塔林港的景色。站在观景台，透过塔林层层叠叠的房屋和尖塔，看见我们乘坐的 MSC 游轮巨大无比的船身，我们非常兴奋，严先生拍了好多照片。

一只白色海鸥在观景台的石墙上走来走去，步子稳健，不慌不忙，甚至有点昂首挺胸，任由游人拍照。有一大约 5 岁的小男孩，提着个藤条篮子，里面装了一些明信片，标价 3 欧元，安静地站在石墙边。出于对小男孩的喜爱，我挑选了一张海鸥站立在石墙上的照片，很有纪念意义。

观景台上，一个男人正演奏着一种不知名的乐器，乐声吸引了众人的目光。乐曲好听，欣赏之后，大家纷纷往盒子里放入几欧元。我赫然发现还可扫码捐钱，居然在北欧可以刷支付宝打赏。世界经济一体化，世界网络也一体化了。

在观景台的左侧，有着20世纪才铺设的阶梯。我们顺着城墙，一路欣赏塔林美景，一路回到下城区。

来到塔林自由广场（Freedom Square），自由广场是位于老城区南侧的一个广场，主要是举办各种国家活动与团体游行的地方，现今所看到的广场，是2009年经过重新翻修后的模样。在广场的西侧有独立战争纪念碑（the Monument to the War of Independence），是用来纪念1918—1920年间爱沙尼亚独立战争胜利的。此刻，两位身着军装的男士站在纪念碑下，一边用手比画，一边在说着什么事，看样子有什么活动要在此地举行。

塔楼旧城区的范围并不大，虽然地势高高低低，但步行就能去到所有景点，一天就可以打卡完成。我们这样漫无目的随意走走停停，有时绕到小巷子里反而能看到更多不一样的风景。

我们马不停蹄，不敢说把24个打卡地都走了一遍，但应该是八九不离十。我还一个人去登顶了市政厅广场大教堂的尖塔。塔楼是旋转的石头阶梯，石梯经几百年的踩踏已经被磨得油光锃亮，几乎直上直下的坡度，只能容纳一个人上或下。100多级阶梯，我一口气登到塔顶，从窗户360度俯瞰塔林老城四面八方的街景。这样独特的风景居然我是一人独享，心中很是得意，一个劲儿地拍照、摄影。突然，头顶悬挂的钟敲响了，声音空灵飘逸。

要说爱沙尼亚首都塔林给我什么感觉：第一，是看不完的尖塔与走一小段路就会遇到的城墙与塔楼。各式各样的尖塔像森林一样多，难道这就是塔林的名称由来？第二，就是城市多元建筑：哥特式、文艺复兴式、巴洛克式，以及19世纪后发展的新艺术建筑。总之，整座城市颜色明亮鲜艳，建筑独具特色，令人目不暇接，印象极其深刻。

下午5时许，离我们游轮登船截止时间不到一个小时。时不我待，我们恋恋不舍告别塔林老城，回到停车地点，游轮公司的 Suttle Bus 载着我们直接驶往游轮码头，快捷方便。

我们一边享用丰盛的晚餐，一边意犹未尽地谈论着今日的塔林老城之行。大家共同的感觉是，塔林是一个非常值得一游的地方，第一是自然风光美丽，第二是作为世界文化遗产保护的历史文化名城果然名不虚传，需要细细观看品味的地方太多。我们如此这般打卡式的观光，确实留下不少的遗憾，没有时间坐下来品尝当地的美味，也是一大遗憾。塔林是一座值得再次游玩的城市，下次来塔林我们一定要住在老城，好好体会一下这儿科技高度发达又十分闲适的生活。

晚餐后,看演出是保留活动项目。今晚的演出是西班牙传统艺术弗拉明戈。2019年夏天,我曾在西班牙弗拉明戈的发源地之一的塞维利亚弗拉明戈博物馆观看了一场正宗的高水平的弗拉明戈表演。2021年冬天,我在法兰克福的西班牙塞万提斯学院观看了另一场高水平的弗拉明戈演出,演出开始前,学院为观众提供了西班牙红酒和咸肉面包,不错的精神和物质享受。今日的弗拉明戈表演虽然比不上前两次演出的水平那么高,但也是十分不错的表演。我们一致认为这场演出算是MSC"幻想曲号"游轮7天演出中最受欢迎的节目。

有人说,旅行可以增加生命的长度,我觉得此话有理。今日从早到晚十来个小时,我们仿佛穿越了几个世纪,见证了爱沙尼亚几百年以来的发展与变化;从地理来看,实现了空间的跨越,从位于欧洲东北部波罗的海三国的爱沙尼亚到位于欧洲西南部伊比利亚半岛的西班牙,既体验了北欧的独特风光又感受了南欧的浪漫热情。

Day 5 06 / 22

赫尔辛基（Helsinki）

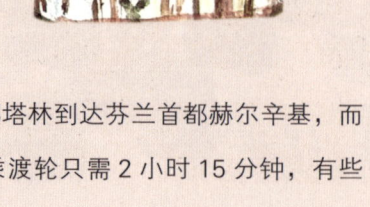

游轮经过一晚上的航行，从爱沙尼亚首都塔林到达芬兰首都赫尔辛基，而我在 Google Map 上轻轻一搜，此段路程搭乘渡轮只需 2 小时 15 分钟，有些令人疑惑。

赫尔辛基是芬兰共和国的首都，它是芬兰经济、政治、文化、旅游和交通中心，世界著名的科技之都，同时也是芬兰最大的港口城市，全国 50% 的进口货物通过这里进入芬兰。赫尔辛基建有芬兰最大的航空港，40 多条国际航线通往世界各大城市。

最令中国人津津乐道的是赫尔辛基连续多年在全球最宜居的城市榜单上位居前列，同时也是全球幸福感很高的城市。我很想在赫尔辛基住上一段时间，亲身体验一下全球宜居城市的生活，亲自感受一下当地人的幸福。

我们到了赫尔辛基。这是一座毗邻波罗的海、融合古典美与现代文明为一体的都市，又是一座都市建筑与自然风光巧妙结合在一起的花园城市。

我们搭乘旅游大巴从游轮码头出发，开始赫尔辛基一日游！

第一站停靠在赫尔辛基中央火车站（Helsinki Central Station）。

赫尔辛基的主要景点都集中在中央火车站到港口之间的市中心区域，我们的城

市观光之旅就从火车站开始。中央车站既是芬兰的铁路中枢，同时也是赫尔辛基地铁和公交车的重要一站。每天在这里上下车的乘客有差不多20万人，使得中心火车站成了芬兰最繁忙的交通枢纽。

火车站的正门很有气势。门的两边分别有两尊巨大的站立着的人像，每座雕塑手里都捧着一个大灯球，球上有如经纬网的线条，仿佛是巨人手捧地球。这种设计独树一帜，在火车站这样一个功能性很强的建筑中加入了这样的浪漫元素，应该称得上是大胆的创新设计。相信每个到过赫尔辛基中央火车站的人都会牢牢记住这四座巨型雕像和他们手里的"地球"。

火车站正门上有一个绿色波浪形的拱顶，很符合波罗的海的浪漫之风。火车站的东墙有一座高大雄伟的钟楼，也是绿色穹顶。整座火车站建筑巍峨壮观浑然一体，绝对称得上是一件杰出的艺术品。

步入火车站，大厅宽敞明亮，地面干净整洁。大厅的顶上吊着一盏巨大的华灯，光芒万丈，非常耀眼。大厅的北侧是通往站台的大门，门的上方是简约的方形格子窗，而在南侧上方却是巨大的拱形格子窗，和北侧的窗子形成了鲜明的对照，互相衬托，颇有韵味。

火车站广场在火车站的东侧,广场的南边是芬兰著名的雅典娜艺术博物馆(Art Museum Atheneum),北侧是芬兰国家歌剧院(Finnish National Opera)。这座歌剧院建于19世纪70年代,也算很古老了。歌剧院门前还有一座芬兰最杰出的浪漫主义剧作家和小说家阿列克西斯·基维(Aleksis Kivi)的青铜坐像。作家的手搭

在腿上，目光凝视着斜下方的地面，陷入沉思。

按我的旅游习惯，艺术博物馆是一定不能错过的，时间再紧也要进去看看，欧洲小城市的艺术博物馆也常常会给我带来意外惊喜，更何况赫尔辛基是芬兰的首都，首都艺术博物馆定是藏龙卧虎之地。但是，这次出行之前我与严先生达成共识：其一，此次游轮之旅重点是体验游轮旅行这种方式，不在城市观光，故观看美术馆、博物馆不在活动范围之列；其二，同行的三位团友对绘画艺术均不太感兴趣，我也只能忍痛割爱。

等候旅游大巴大约要半个小时，正好旁边是一个大型购物超市，橱窗里琳琅满目的各式各样名牌服装十分吸引眼球。女性对购物有着天然的兴趣，我们决定进去逛逛。走进超市，举目四望，各种二线名牌服装、鞋帽、箱包等应有尽有。我立马看中了一个黑色真皮女包，美国品牌好像是 Guess 的，后又看到一条白色的绒线裤，穿起来柔软透气，两件商品都打 6 折，价廉物美，收入囊中。

下一个观光点——赫尔辛基参议院广场（Senate Square），参议院广场与其周边是赫尔辛基市中心最古老的地段，广场周围有许多著名的地标建筑，包括赫尔辛基主教座堂、赫尔辛基大学与芬兰政府宫等。

广场中央矗立着亚历山大二世沙皇的雕像。这座雕像在 1894 年建成，主要是为了纪念他在 1863 年时，重新建立了芬兰议会以及进行了多项改革，这些改革增加了芬兰脱离俄罗斯帝国的自治权。中央雕像是亚历山大二世铜像，其基座四周则环绕着代表不同意义的

四组人物雕像,它们分别代表法律、贸易、劳动与和平。

在纪念碑外,巧遇一家乌克兰人,一对年轻夫妻带着两个男孩,他们拜托我帮忙拍照。

沿着石梯去看赫尔辛基主教座堂（Helsinki Cathedral），这座位于参议院广场北面的宏伟新古典主义大教堂顶部具有标志性的绿色圆顶。雄伟壮观的赫尔辛基主教座堂是赫尔辛基的地标建筑，也可以说是全芬兰最著名的建筑。无论从海上，还是从赫尔辛基市内很多地方都能清楚看到它那醒目的白色建筑和绿色圆顶。教堂主要是用来献给芬兰大公俄罗斯沙皇尼古拉一世的，最初也被称为圣尼古拉教堂，直到1917年芬兰独立后才改为现在的名称。

广场西侧是波兰政府宫（Government Palace），政府宫原本是波兰参议院的所在地，直到1918年被国务委员会取代，现在是芬兰总理与内阁的主要办公地。

广场南侧是步行街，今日时断时续下着雨，露天咖啡厅无人落座。若是，平日里，阳光明媚，步行街人来人往，露天咖啡馆想必一座难求。

我们边走边看，来到赫尔辛基市政厅（Helsinki City Hall）。我们从哥本哈根一路走来，每到一地，只要时间允许，一定会造访市政厅，在爱沙尼亚首都塔林市政厅还看了一个当地画展，绘画作品的题材几乎都是塔林老城建筑。

走进赫尔辛基市政厅，大厅空无一人，中央巨大银幕上放映着赫尔辛基的城市风光。在大海的衬托下，夏日碧海蓝天，冬季流冰涌动，这座港口城市是那么美丽洁净，被世人赞美为"波罗的海的女儿"。在赫尔辛基的海港市场上，有一尊名叫"波罗的海的女儿"的铜像，是赫尔辛基的象征。

我们坐下来静静地观看，五颜六色、古色古香北欧风格的赫尔辛基城市建筑，海天一色湛蓝的海港风景，绿色丛林里艳丽花朵点缀的郊区风光，一一呈现在眼前，影片拍摄由近及远，从上到下，全方位立体展现了赫尔辛基的优雅与妩媚，我们直呼："太美了！"

正值中午时分，在市政厅餐馆就餐是我们的最佳选择。我调侃说保不住与赫尔辛基市长一同进餐呢！餐厅好几百平方米，宽敞明亮，各种主食、甜品丰富多样，供客人任意挑选，然后到收银台结账。我们每人端了一个托盘自取喜爱的食物，一结账发现很便宜，十来欧元。特此说明，我们这次北欧游轮之旅经过的四国，只有芬兰使用欧元，其余三国都是使用本国货币。不过，比起我们上次来北欧，已经有了不少的改变，很多商店同时使用本国货币和欧元。

市政厅餐馆大门外就是赫尔辛基集市广场（Market Square），集市广场是赫尔辛基游客最多的广场，这里连接着码头与其他主要景点。广场上有许多销售食品与纪念品的小贩，还有许多露天咖啡馆。

集市广场的中心为赫尔辛基最古老的公共纪念碑沙皇皇后石碑（Keisarinnankivi），石碑是为纪念尼古拉一世的夫人亚历山德拉皇后首次于1835年造访赫尔辛基而竖立的。石碑竖立的地点是沙皇及皇后下船登陆的地方。石碑为红色花岗岩的方尖碑，石碑的顶端为铜色的地球模型，其上站立着双头鹰。

老农贸市场（Vanha kauppahalli）位于集市广场西侧，是赫尔辛基最古老的市场建筑，自从1889年就已落成并开始使用。市场内贩卖着水果、海鲜、面包、乳制品等各式各样的美食，一共有25家店铺，在官网上都有详细的介绍。

集市广场紧邻码头，这儿可乘坐渡轮抵达世界文化遗产——芬兰堡。可惜我们时间有限，只能眼巴巴地看着渡轮驶往芬兰堡。

还有一个重要的地方必须去，那就是赫尔辛基奥林匹克体育场（Olympiastadion,Helsinki），它距离赫尔辛基市中心2.3公里。赫尔辛基奥林匹克体育场是为1940年夏季奥林匹克运动会而兴建，于1938年落成，可容纳70,000名观众。由于第二次世界大战的爆发，赫尔辛基这座城市在十年以后才取得第15届奥运会举办权，于1952年成功举办夏季奥林匹克运动会，此运动场才得以使用。后来在此举办了1983年和2005年两届世界田径锦标赛。此运动场现为芬兰国家足球队的主场。

曾经的奥运场馆上空,五颜六色的各国国旗在风中摇曳,那座直插云天的塔十分引人注目。这座塔是为了纪念芬兰标枪运动员耶尔维宁而建的,塔的高度恰好是他在奥运会上获得金牌时所创下的成绩。站在这座高塔上,可清楚地看到赫尔辛基市的全貌,塔内还设有电视、电报工作室。

进入奥运会广场,正遇到一群鹅拖家带口大摇大摆地穿过广场,游人纷纷举起手机拍照。这与几天来在北欧城市大街上几次三番看到过的情景一样,个子高大、羽毛黑黑的鹅带着一家老小旁若无人地过街,此景象总能引起各国游人极大的兴趣。

我们购票进去参观赫尔辛基奥运会博物馆，观看当年奥运会的盛况影片，虽然过去了 70 余年，但仍有一种观看实况转播的感觉，看着各国运动员出场的场景，自然而然去寻找中国队的身影，很遗憾，没有。想想也是，1952 年，那时中国有奥运代表队吗？

十分遗憾的是因为暑假青少年活动安排，奥运场馆没有对外开放。我们参观奥运会博物馆后，在场馆外观看了一场当地青少年足球比赛。他们正在进行点球大战，场上场下气氛都很紧张。

欢乐的时光总是短暂的，又到了不得不跟赫尔辛基说再见的时候了。

我们搭乘观光大巴驶往海港码头，沿途看见车窗外大路边闪过的赫尔辛基城市宣传图画，不免心动。若时间允许，仔细看看，也许会有意想不到的收获。我经常会在看花展、逛街市或光顾市政厅时，看到一些独具个性的绘画或摄影作品，虽然不像美术博物馆里的名家名作那般出彩，但很多作品也是很有情趣的。

再见，赫尔辛基，我们会再来的！

Day 6 06/23

瑞典首都斯德哥尔摩
（Stockholm）

　　斯德哥尔摩（Stockholm）是瑞典的首都及最大的城市，瑞典王国政府、国会以及瑞典王室的官方宫殿都设在这儿。它位于瑞典的东海岸，濒临波罗的海，是梅拉伦湖入海处，风景秀丽，是著名的旅游胜地。市区分布在14座岛屿和一个半岛上，70余座桥梁将这些岛屿连为一体。

前一天晚上，我们在游轮酒吧遇见一对中年老外夫妇（其实在欧洲当地人眼里我们才是外国人，人家是正宗的本地人，但我们仍然习惯性地称黄头发、白皮肤的当地人为"老外"），男的很健谈，看我们是第一次搭乘游轮游北欧，就告诉我们第二天早晨游轮进入斯德哥尔摩之前，海上会有数千座小岛，如果我们有兴趣的话，可以早起观看小岛在海面上漂浮的样子。我们这群一辈子生活在内陆城市的人当然有兴趣啦！

今晨五点,我们起床先在阳台上观看了一会儿如梦境一般的小岛,然后上到游轮顶部的观景台,那里已经有很多人聚集观看了。

随着时间的推移,漂在海平面的小岛越来越多,来往穿梭的游船、游艇也多起来了。我们知道,斯德哥尔摩到了。

斯德哥尔摩,我们来了!

几年前我曾经来过斯德哥尔摩,且在此地停留了三日,算得上深度游过斯德哥尔摩了。此次再来斯德哥尔摩我们只有短暂一日,当然只能择其重点。

走进斯德哥尔摩历史城区——Gamla Stan。Gamla Stan 在字面上意思即为 The Old Town，按官方划分，城岛、骑士堡、圣灵岛及水流城堡等区域均属于斯德哥尔摩，但当地人只把城岛区域称为老城区。依照历史记载，城市最早建立于 1252 年，是欧洲保存完好的中古世纪城市之一，自然也蕴藏了许多非去不可的重要景点。

旅游大巴停靠湖畔，游客纷纷下车前往斯德哥尔摩王宫（The Royal Palace），占地广阔、雄伟壮观的斯德哥尔摩宫殿高踞在石阶之上。尽管目前瑞典王室已移居至郊外的卓宁霍姆宫，但这里仍是瑞典官方宣称的国王住所。王宫最早始于中世纪，于 17 世纪末开始改建，扩张后，形成如今富丽堂皇的宫殿。

王宫为一个四方形的建筑群，只开放了宫殿一侧的查理十一世走廊供公众免费参观。走进皇宫大门，拾级而上，金碧辉煌的查理十一世走廊呈现在眼前，称之为金銮殿一点不

为过,金灿灿的屋顶、金灿灿的立柱、金灿灿的家具、金灿灿的装饰,在银色玻璃与大理石地面的反射作用下,更是金光闪闪,甚至使人产生头晕目眩之感。看来瑞典皇室确实具有相当的实力,无论是从富有的程度看,还是从艺术价值的角度来看,堪称一绝。

俄罗斯的旅行家早在 19 世纪,就谈到过斯德哥尔摩王宫的华丽,把它看成斯德哥尔摩最好的建筑,认为它把严肃、华丽和优美结合得恰到好处,建筑上没有任何削弱整体感的细小装饰。总体来说,王宫不单可以让人感受到人文历史的

魅力，还将令人瞠目结舌的建筑和宝藏一览无余地展现出来。可以说查理十一世走廊类似凡尔赛镜廊，极尽奢华及辉煌，富丽堂皇，美轮美奂。

与查理一世走廊对称的建筑是一个皇室内部使用的教堂，参观此教堂和皇室珠宝馆需购票入内。我当然不想错过这样的机会，在欧洲，但凡收费的地方都是值得参观的，一定是物有所值或者物超所值的。严先生同意我去看，快进快出而已。但到收银台一问，只收取瑞典法郎而不收欧元，我只好作罢。

皇宫卫兵换岗仪式即将开始,皇宫广场一侧游人开始聚集,人们等待观看换岗仪式。来到斯德哥尔摩王宫,观看王宫的换岗仪式这个展现王室中世纪古老风貌的传统活动,是不容错过的。

正午 12 时,皇家卫队交接仪式开始啦!嘹亮的军乐声一响,整齐的皇家卫兵按照古老的仪式开始了隆重而热烈的交接岗位仪式。首先出场的是身着蓝色制服的皇室卫队,他们头戴金色钢盔、身背带刺刀的步枪,迈着整齐的步伐走入广场中央,然后出场的是身着黑色制服的王室卫兵,当然最受欢迎的还是身穿白色军服的皇宫军乐队,敲着鼓吹着号奏着军乐,迈着整齐的步伐绕场一周。

今日非常幸运,我们不仅观看了王宫卫兵换岗仪式全过程,而且看了一场王宫军乐队表演的小型音乐会。军乐队与现场观众互动,掌声、欢呼声和着鼓点声汇成了一片欢乐的海洋。

紧邻王宫的是斯德哥尔摩大教堂(Stockholm Cathedral),最早的历史可追溯至 1279 年,由当时建造斯德哥尔摩市的比尔耶尔伯爵(Birger Jarl)所建立。经过不同时期的扩建,大教堂在 1480 年成为如今的规模及样貌,内部为北欧砖造哥特风,为了配合宫殿的整体和谐感,外观上包括高塔在内,17 世纪时被改建成为巴洛克风格。进教堂需要

付费,且不收欧元,我只好刷信用卡,这里是必须进入参观的。

　　教堂装饰十分华丽,所谓雕梁画栋、金碧辉煌这样的辞藻完全无法表现教堂装饰的整体效果,其木雕的精美程度,感觉可以与莫高窟的佛像木雕相媲美。特别值得一看的是教堂内《圣乔治与龙》的雕塑,还有一幅被称为《幻日之画》的油画,描绘的是1535年4月20日在斯德哥尔摩被发现的幻日景象的画作。如今的画作非当时的原作，而是 1636 年所绘制的仿制品，是当今所知最古老描绘斯德哥尔摩的彩色画作。

　　大教堂平日里对公众开放，若有特别的皇室典礼举办，则摇身一变，成为瑞典王室专用教堂。2010 年瑞典公主就在这里举行了盛大的皇室婚礼。

　　往前走，我们就到了老城广场。老城广场除了是老城区的中心，也是斯德哥尔摩市最古老的广场，历史可追溯至 1420 年。广场被许多著名建筑物、咖啡店、餐厅所围绕，例如诺贝尔博物馆、Chokladkoppen 咖啡、Grillska Huset 烘焙坊等，色彩缤纷的旧商会建筑，也同样吸引世界各国旅客前来参观拍照。

参观诺贝尔奖博物馆（Nobel Museum）是游历斯德哥尔摩老城的必选项目。

我们兴冲冲走过去，没想到居然吃了闭门羹！博物馆大门紧闭。游客纷纷上前张望，望门兴叹。我不甘心，分明门上写着开放时间是周二至周五9：00—18：00，今日是周五，现在正是开馆的时间，怎么会闭门谢客呢？好在我上次来斯德哥尔摩，已经参观过了。但相隔数年，一定会有不少新的变化。我心中不免惆怅。

　　广场一侧高耸入云的德国教堂尖顶再次吸引了我的视线，上次来此地，因为时间原因没能进去，今日我终于如愿以偿，得以进入一睹真容。教堂并不大，但装饰华丽、金碧辉煌。座位被绳子拦着，游人不得进入讲坛，只能在进门处不宽的地方远远观看，幸运的是，允许拍照。

几年前北欧行来斯德哥尔摩,我没有去国王花园(Kungsträdgården),我这次来北欧一定要补上。从老城广场去往国王花园经过皇宫外广场时,我们偶遇一群来自德国的传道士,他们身着鲜艳的巴伐利亚州传统服装,年龄在60~70岁。我很高兴地跟他们打招呼,然后与他们合影留念。

国王花园很大,由南到北分为四个部分:卡尔十二世广场、墨林喷泉、卡尔十三世广场和Wolodarski喷泉。斯德哥尔摩的许多地标建筑都位于国王花园附近。公园以南是滨河的水流街(Strömgatan),水流桥(Strömbron)和北桥(Norrbro)两座桥都通往斯德哥尔摩老城和斯德哥尔摩王宫。公园以北有港口街(Hamngatan)、PK-huset百货公司等。

花园中央有一个长方形大水池,两边各有一座瑞典国王的雕像,一座下边有四个铁墩的是卡尔十二世,另一座下面有四只狮子雕像的是卡尔十三世。广场一边有一个大舞台,据说这里经常举行爵士、摇滚以及歌剧等音乐会。这里是斯德哥尔摩仅次于赛格尔广场的另一个民众集会地点。

国王花园没有围墙，人们可以从四面八方随便进入，公园除了喷泉、花草、树木，还有咖啡馆。如果有足够的时间，在这里泡上一天的时光都是值得的。如今看到的公园是经过几个主要阶段创建后的样子，所以也能看到不同的园林风格。公园最早在17世纪末开始建造，当时受法国最为流行的花园风格的影响，做到了花木精确、整齐、对称。18世纪时又受英国影响，建立了浓郁的自然园林风光。

无奈时间不允许，我们只能在偌大的国王花园跑马观花似的转了一圈，然后搭乘旅游大巴，又去了北方民俗博物馆（Nordiska Museum）和斯堪森露天博物馆（Skansen Museum），当然没有入内参观，时间仓促，只能止步。不过，看到北方民俗博物馆的雄伟建筑，我还是十分感慨，当年进去观展的情形依稀记得。来到斯堪森露天博物馆，看着铁架大门上的大字"SKANSEN"，十分激动，我兴致勃勃地给严先生讲起当年来此观光的林林总总，一切仿佛发生在昨日，记忆犹新。

在返回游轮码头的路上我们经历了一些周折，差点错过了登船时间。我们这车乘客几乎是在游轮登船截止的最后时间才到达码头，查验身份证件的人员似乎有些气恼地责备我们："你们来得太晚了。"不过，这不是我们的责任。我们提前了两个小时搭乘旅游大巴返回游轮码头，预计半小时的行程，延误了近两个小时。

返回途中，我的心情一度十分紧张，如果我们在指定时间没有能够到达游轮码头，游轮会不会甩下我们就启航了呢？我们的所有私人物品都在房间里，包括护照，想要购买机票飞回德国也是不可能的。事后想想，估计游轮不可能甩客，一定会与我们联系的，毕竟我们都留有联系方式，甚至还有紧急联系人的电话。

今日的斯德哥尔摩之行收获满满，返程虽然周折，但有惊无险。

晚餐时，谈到本次北欧四国古都巡游已近尾声，斯德哥尔摩就是四国古都的最后一都了，我们明天在海上航行一天，然后返回德国基尔港。

看完演出，大家意犹未尽，约定明天在游轮上到处走走逛逛，好好欣赏一下乘坐的游轮。

Day 7　06 / 24

全天海上航行（At Sea）

今日全天海上航行，正好留出足够的时间，让我们细细参观游轮，品味我们的游轮之旅。

　　本次北欧四国古都之旅乘坐的游轮为地中海游轮——幻想曲号（MSC Fantasia）。

　　MSC 全称为地中海航运公司（Mediterranean Shipping Company），是全球最大的家族游轮企业之一。截至 2024 年，地中海航运公司拥有 844 艘货柜船，运营总运力突破 600 万标准箱（TEU）。该公司以日内瓦为总部，在世界上各大型港口均有航线，并以安特卫普港作为母港。旗下的地中海游轮则主要提供游轮服务。

我们乘坐的地中海游轮幻想曲号于 2008 年投入使用,是一艘现代化船舶,提供可容纳 4,000 名乘客的空间,拥有豪华的游艇俱乐部区、客舱和公共区域。地中海游轮是有史以来第一艘拥有施华洛世奇水晶楼梯的船舶,特别设计的玻璃屋顶为客人提供了欣赏夜晚星空的绝佳机会。

幻想曲号的客舱,现代且舒适,设有带淋浴的浴室、电视、电话、迷你吧台和保险箱。内外客舱面积为 12~13 平方米,阳台客舱面积为 17 平方米。我们住的阳台客舱,除了上述配置外,卧房配有双人沙发,阳台配有座椅和茶几。套房面积为 21~53 平方米,有家庭套房和豪华套房等不同规格。部分阳台客舱房和所有套房均配有浴缸。在特殊的游艇俱乐部套房中有许多便利设施,例如管家服务、独立式餐厅和各种饮料(仅在幻想曲级别的船舶上提供)。

在幻想曲号上,住宿条件与岸上四星级酒店相比,毫不逊色。不仅有宽敞舒适的房间,一应俱全的房间配置,可观看海景的阳台,还提供 24 小时可供挑选的美味食品,以及大量的公共活动客舱:咖啡厅、冰激凌店、爵士酒吧、音乐厅、室内表演酒吧、室外休闲酒吧、体育酒吧、Vinotheque 水疗中心、体育中心、Aurea 水疗中心、步行跑道、沙狐球馆,还有 4D 电影院、剧院、音乐厅、图书馆、迪斯科舞厅、青少年迪斯科舞厅、赌场……为游客休闲娱乐、体育锻炼和健康养护提供了各种场所,各个年龄段的人都能在这艘船上找到适合自己的娱乐健身场所。

幻想曲号还配有婴儿活动中心、青少年活动中心、电子游戏机室、桌球室、迷你足球场等。游泳池分露天和室内两个区域,既有 50 米长的标准游泳池,也有儿童玩耍的戏水池,还有好几个温泉按摩池。

14层顶舱露天广场大屏幕滚动播放视频和音乐。时而,舞蹈老师带着大家跳健身舞蹈;时而,主持人带动游客做一些互动游戏,如:听歌猜曲目,猜中的有小礼品。各种活动每天轮流进行,若游轮全天在海上航行,各种活动更是一个接一个,让人们没有任何一点乏味感,反倒是有点无暇顾及的感受。

我们一行参观 MSC,逛赌场(仅仅看别人下赌),到各种档次、各种风格的酒吧、咖啡厅、商场瞧瞧坐坐。上下三层的施华洛世奇水晶厅最吸引人,楼梯镶嵌了金光闪闪的施华洛世奇水晶,不少客人穿戴华丽驻足在楼梯上拍照,有一群穿着旗袍的中老年女士在水晶楼梯上摆着各种队形和姿势拍照,看模样是亚洲人,听口音是广东人,倍感亲切。舞台上正在进行表演,有弹有唱,一曲终了引来客人的喝彩声和掌声。

游轮上的厨房很好,自助餐厅提供 24 小时服务,餐食很美味,主营西式餐食,也有中式的炒饭,有几十种冷热

菜肴可供选择。水果、甜食种类丰富多样。饮料品种齐全，咖啡、茶类、冷热牛奶以及各种鲜榨果汁应有尽有。除了自助餐厅，游轮还配有各种特色餐厅：Red Velvet、Il Cerchio d'Oro 等（特色餐厅需额外收费）。

我们基本只吃自助餐，除了不愿额外付费的因素外，确实感觉自助餐的品种足够满足我们的需求。如果上岸旅游，我们一早一晚两餐在游轮上享用。如果是海上航行日，我们一日三餐外加一个下午茶均在游轮上享用。下午茶时，大家边吃各种甜点喝饮料，边聊天，看着游轮在海上航行翻起的浪花，远方时不时出现有小小的船只或游艇，脑海里自然浮出了"一叶扁舟"的字样。整天不做任何事，只是享受，似乎几十年人生都没有过这样闲暇的日子。

我们一行四人，我总是最闲不住的一个，他们三人时不时需要回房间休息一下或是睡个午觉，我都不需要，从早到晚精力旺盛，常常一个人去温泉按摩池玩水，一个人跑到顶舱上下几层这儿看看、那儿瞧瞧，发现了不少新的活动区域后，我就很得意地带他们去看我发现的新大陆。我发现站在游轮顶舱最前方的观景台，可以无遮挡270度看大海。站在那儿看大海，真真实实感受海阔天空，激动的心情无以言表。带上一本书，在顶舱平台找个躺椅，读书，看蓝天，发呆，就是一个感受——"爽"！

游轮活动多种多样，我们最喜欢的莫过于每晚看演出，有热情奔放的西班牙风情舞蹈弗拉明戈、意大利高音演唱、热情奔放的斗牛士之歌、炫目灯光下的劲歌热舞、高潮迭出的杂技表演……每晚演出节目都是不同的，演出水平整体很高。我们平日里很少看演出，这样密集地每晚看演出，且每晚的演出节目不同，大家直呼过瘾。尤其，那个女主持人，很会调动观众的情绪，烘托演出气氛，常常是台上台下掌声、欢呼声此起彼伏。

今晚是游轮之旅的最后一晚，演出即将结束时，游轮各个区域的管理者被主持人邀请上台，与演职人员一起向观众谢幕，台下观众站起来报以热烈的掌声，台上台下掌声、欢呼声此起彼伏。这是一种发自内心的感激之情，我们每一个在场的观众都发自内心地感激演职人员精彩的表演，感谢游轮各部门给予我们尽心尽职的高水平服务。

再见，MSC，我们还会再来！

Day 8   06/25

基尔（Kiel）

此次 MSC 北欧四国古都巡游从基尔港（Kiel）出发，也在基尔港结束航程。我们正巧赶上一年一度盛大的国际航海赛事——基尔周（Kiel Week），十分幸运。

基尔是德国北部城市，石勒苏益格—荷尔斯泰因州首府。面积 118.65 平方千米，人口约 24 万。该城市邻靠波罗的海基尔湾，自 19 世纪 60 年代以来基尔一直是德国主要的海军基地，是德国的造船业中心。基尔的航海比赛世界闻名。在 1936 年和 1972 年，柏林和慕尼黑两座城市举办奥运会时，其赛艇项目都在基尔举行。

基尔周（Kiel Week）或称为基尔帆船赛（Kiel Regatta），是一年一度的国际性综合帆船比赛，同样也是德国民间重要的节日之一，有人称其与慕尼黑啤酒节齐名，也有人称其为北欧最大的民间活动。

早在一百多年前的1882年，火车专列和包船就将一批批来自世界各国的游客送到了基尔，那是首届基尔周。20条赛艇首次举行大规模的比赛。根据当地报纸的描述，"整个基尔都在行动"。看看这幅1896年的《基尔周》图片，还是黑白照呢！

以首届基尔周发展至今，不仅仅局限于帆船，甚至各国公务船、军用舰艇也应邀前来，逐步形成现在的大型国际性综合交流艺术周。每年举办的帆船比赛有大约2,000艘帆船参赛，共有50余个国家和地区的5,000多名帆船运动员参加，包括16个级别的帆船比赛。基尔周堪称世界最重要的帆船赛之一，也是世界上最长的帆船周，为期10天，会有300万至500万名的游客造访基尔。

基尔周节日期间除了进行航海赛事,还同期举办音乐会、舞台表演等文化娱乐活动,在现场的国际市场上,人们可以欣赏、品尝和购买到来自世界多个国家的特色食品以及特色商品。

我们上午 10 时下船,由 MSC 游轮公司大巴载到了基尔火车站。火车站广场各国国旗迎风招展,昭示着国际帆船比赛在此举行。我当然迫不及待要去看看基尔市,更重要的是亲身感受一下盛大的节日氛围。

　　一般说来，在德国城市，火车站所在的位置就是城市中心。沿着火车站大道一直往集市广场方向走，那儿就是基尔周国际市场（International Market）的所在位置。

　　沿途可见基尔周的宣传广告和售卖各国国旗的小摊，街道两旁飘扬着基尔周的彩旗，整座城市洋溢着一派欢乐的节日气氛。

无论什么赛事,大多离不开"美食"二字,基尔周也不例外,沿街小食摊一家挨着一家,摊位装饰各具特色,飘扬着各国的国旗,一家一家尽数走过,几乎世界各国美食(主要是欧美国家)悉数亮相!

我们来到集市广场(Market Square),中央一艘巨大的帆船模型特别吸引眼球,那就是基尔周的地标建筑。广场临时搭建的舞台上,正在进行节目演出,我凑过去一看,四五岁的幼儿园小朋友在老师带领下表演舞蹈。虽然表演并没有那么整齐,大致就是小朋友跟着老师的表演做一些动作,欢乐就好,但台下观众报以热烈的掌声。

集市广场，踩高跷的表演是最受欢迎的节目之一。小伙子踩着高跷走来走去，嘴里吹着哨子，似乎在学鸵鸟叫。踩高跷的小伙子不断用鸵鸟的头做出咬人的架势，逗弄着周边的男女老幼，人群发出阵阵笑声和欢呼声。

集市广场上高耸入云的教堂尖塔引人注目，我顺着尖塔的方向去到基尔大教堂，里面正在进行每周一次的主日崇拜，祭台上一个穿着白色教袍的牧师带着教众唱着赞美诗歌，场面庄严肃穆，我也很受感染，自然融入其中，和着钢琴伴奏吟唱赞美诗。

从教堂出来,我们到市政厅后面的公园转转,远远看见湖泊,走到湖畔,草地上立着一尊全身雕塑纪念碑,人物形象似曾相识,仔细辨认底座上有 Bismarck 字样,原来是德国的"铁血宰相"俾斯麦。记起前年在汉堡旅游,看过一尊巨大无比的俾斯麦全身雕塑(俾斯麦纪念碑),高 35 米,重达 600 吨,是全世界 250 个俾斯麦纪念碑中规模最大,也是最有名的一尊。据称汉堡俾斯麦纪念碑耗资 60 万金马克,于 1906 年 6 月 2 日揭幕。

玩够了，我们找个咖啡厅坐下来喝茶休息，吃点东西，勉强算午饭。

下午，我们搭乘德国高速列车，从基尔到法兰克福。晚上十点回到家，我们的游轮首秀圆满结束！

给本次游轮首秀打个总结，第一，MSC 游轮无论设施还是服务都是世界一流水平的；第二，本次北欧游轮四国古都巡游路线设计得好，风景也是一流的；第三，我们一行四人平安去，平安回，大家玩得开心尽兴！

有一点感受，算是给本书画上一个句号。长期坚持的写作和绘画，我发现有非常大的好处，如果说写作是逻辑思维的深挖，那么绘画就是抽象思维、空间思维的拓宽。写作和绘画，让我的思维不仅没有随年纪的增长而衰退，而是变得越来越活跃了。

愿我的游记绘画之路越走越宽广。

旅行的意义在于，背上行囊，推开门，走出去，看看这个世界，人生不只为了做那些该做的事情，还可以看看花怎么开，水怎么流，太阳怎么升起，夕阳何时落下，寻找有趣的事情。生命短暂，一定要热烈地活啊！